PROLOGUE

Vêtu de sa combinaison de combat, Mack Bolan se tenait immobile au sommet d'une colline. Il se confondait parfaitement avec le décor sur lequel s'appesantissait une nuit particulièrement sombre et, depuis une demi-heure, il examinait son objectif.

Son poste d'observation surplombait la plus grande partie de Beverly Hills piquetée d'une multitude de lumières jusqu'à Sunset Boulevard. A l'ouest, il y avait Bel Air, entourée de hauts murs et de grilles solides, où se calfeutrait le gratin de Los Angeles. Au nord, en bordure de Mulholland Drive, plusieurs immeubles massifs et laids, serrés les uns contre les autres, avaient de nombreuses fenêtres éclairées et se découpaient dans l'obscurité, à moins d'un kilomètre. L'un d'eux constituait le point de mire de l'Exécuteur.

Les quatre premiers étages abritaient les bureaux de diverses sociétés appartenant toutes à la mafia, tandis que les trois derniers niveaux servaient de pied à terre à des hommes de Joss Simonetti, l'un des caïds de Los Angeles.

Plusieurs personnages relativement importants parmi la racaille californienne semblaient s'être donné rendez-vous dans cet immeuble qui se profilait en contrebas. Bolan en avait reconnu quelques-uns à travers l'objectif de ses jumelles longue portée. Il avait placé des noms sur certains visages. Il avait aussi fait une estimation quant aux chances de réussir son action.

Il connaissait la géométrie des lieux, il en avait eu les plans en mains et les avait étudiés pendant plusieurs heures, les avait mémorisés.

Les probabilités d'un aboutissement favorable de sa mission lui paraissaient bonnes, les impondérables entrant inévitablement dans ses calculs. Mais c'était les risques de la guerre, d'une guerre sans merci qui l'opposait depuis une éternité aux cannibales de la mafia. S'il avait fait un voyage éclair en Afrique pour régler une affaire qui n'avait rien à voir avec la pieuvre immonde[1], mais tout à voir avec sa vieille amitié pour Hal Brognola, il se retrouvait maintenant en terrain connu. Ici, il connaissait les règles du jeu, la mentalité des adversaires et les raisons de son combat. Au demeurant, les risques n'en seraient pas diminués pour autant, et la mort toujours aussi présente. En fait, ses seuls atouts se résumaient à ceci : un effet de surprise qui devait prendre les *amici* de court, allié à une technique de combat aussi efficace que brutale.

Il eut un petit rictus dans la nuit. De la chance,

1. *Jackpot au Rwanda*, L'Exécuteur N° 139.

il allait bien sûr en avoir besoin. Mais il ne comptait nullement dessus. Quant aux impondérables, aux risques, il ne voulait pas y songer. Il savait depuis bien longtemps que la réflexion tue l'action lorsque le moment est venu d'engager le combat.

Se baissant, il tira vers lui des sangles reliées à un engin fait de toile et de tubes en aluminium. Un système PL, compromis entre le deltaplane et le parachute directionnel. La toile de l'engin était noire, de même que la combinaison qui le moulait étroitement.

Il s'était muni d'un armement sophistiqué dont la pièce maîtresse était constituée par un fusil d'assaut Heckler & Koch à silencieux incorporé, une arme tirant des munitions de 9 mm Parabellum à la cadence de 800 coups à la minute.

Son gros Automag « Big Thunder » était fixé à son ceinturon militaire dans un étui de cuir, son fidèle Beretta 93-R logé bien au chaud sous son aisselle gauche. Six grenades à main et des munitions en abondance pour ses diverses armes garnissaient une sangle fixée en bandoulière sur sa poitrine, et les poches de son vêtement de combat recélaient encore d'autres accessoires meurtriers.

Une légère brise soufflait du nord, juste suffisante pour que Bolan puisse utiliser les courants de pente. Après avoir fixé le harnais sur sa poitrine, il actionna le verrou de maintien du PL et perçut le claquement de la toile. Raidie par l'armature métallique, celle-ci se déploya au-dessus de lui pour atteindre une envergure de cinq mètres. Déjà, le vent léger exerçait sa pression sur l'étoffe.

Après une profonde inspiration, l'Exécuteur fit quelques pas rapides au sommet du plateau et se lança dans le vide, calant aussitôt ses bottes dans les étriers. L'appareil commença par perdre de la hauteur, menaçant de partir en décrochage, et Bolan dut pousser fortement sur la barre de guidage pour entamer un piqué et prendre de la vitesse. Equipé comme il l'était, il était trop lourd pour la voilure. Dans l'obscurité, il n'apercevait plus le flanc de la colline rocheuse, mais se doutait qu'il en était beaucoup trop proche.

Enfin, il rétablit la trajectoire et son vol silencieux le fit passer au ras du sommet d'une basse colline où il trouva un léger courant ascendant et se laissa porter au-dessus de la vallée. Puis, lorsqu'il jugea son altitude suffisante, il stabilisa son vol, prit un virage à grande inclinaison et piqua tout droit sur sa cible.

Il lui fallut moins d'une minute pour atteindre le bâtiment qu'il survola dans un premier passage, à une vingtaine de mètres du toit-terrasse, vira court tout en visant son point d'impact estimé. Mais alors qu'il allait y parvenir avec une précision de quelques mètres, il s'aperçut qu'il n'était pas seul au sommet du lugubre building.

Ce fut le rougeoiement d'une cigarette qui lui permit de repérer le danger. Appuyé contre le parapet, un type regardait vers le bas, comme s'il puisait une inspiration dans la contemplation du parking de l'immeuble. Il ne paraissait pas avoir conscience de l'arrivée rapide de l'oiseau nocturne, mais le chuintement de la voilure, au moment de l'atterrissage, lui fit faire une volte-face nerveuse. Poussant un cri rauque, il plongea la main vers son revolver.

Bolan l'avait déjà en ligne de mire et caressait la détente du Beretta qui cracha silencieusement la mort. Le mafioso encaissa en plein front. Il émit un drôle de petit cri plaintif et s'affaissa comme une loque.

Rapidement, l'Exécuteur se débarrassa du harnais du PL et posa l'engin au sol. Un coup d'œil circulaire lui assura qu'il n'y avait pas d'autre présence ennemie sur la terrasse. La première phase de sa mission avait abouti sans que l'alerte soit donnée. Restait maintenant à s'introduire dans l'antre de la *Cosa Nostra* et à liquider toute opposition armée. Ensuite, il lui faudrait trouver l'information qu'il était venu chercher.

Un programme tout simple, en somme... ! Les hit-men qui occupaient les lieux comptaient parmi la racaille la plus dangereuse de l'Etat de Californie.

Il repéra une porte métallique enchâssée dans une superstructure en béton. Elle était entrebâillée, découvrant l'amorce d'un escalier éclairé chichement par une applique murale. C'était par là que le flâneur avait débarqué sur la terrasse. C'était aussi par là que l'Exécuteur avait prévu de passer pour s'enfoncer dans la fosse aux serpents.

CHAPITRE PREMIER

Un bruit confus de discussions montait jusqu'au petit palier intermédiaire sur lequel Bolan s'était arrêté. A quelques mètres au-dessous, il y avait le septième et dernier étage, et c'était de là que lui parvenait le bourdonnement des voix.

Le Heckler & Koch était déjà armé, prêt à cracher sa hargne. Bolan descendit silencieusement les dernières marches, poussa une porte et longea un couloir moqueté où s'alignaient cinq portes. Le bruit des discussions se rapprocha, provenant du fond du couloir.

D'après son repérage à distance et l'étude des plans de l'immeuble, l'extrémité de l'étage était constituée par une grande salle qui s'étendait d'une façade à l'autre ; sans doute un salon ou une salle de conférence.

Actionnant plusieurs poignées, il jeta un coup d'œil aux trois premières pièces, vides mais néanmoins éclairées. La quatrième, une chambre à coucher, était occupée par un type grand et maigre en chemise, qui se tenait de dos, affairé à fouiller dans une petite valise. Il dut avoir conscience d'une présence insolite derrière lui et grogna :

— Ouais, qui est-ce ?

N'obtenant aucune réponse, il se retourna brusquement et son visage se figea lorsqu'il aperçut la haute silhouette sombre bardée d'armes. Sa main se projeta alors vers la crosse du revolver qu'il portait à la hanche, un rictus de haine lui tordant les lèvres. Bolan ne lui laissa pas la moindre chance. Le Beretta silencieux cracha une première ogive de 9 mm qui traversa la main du malfrat et fit valdinguer le revolver. La balle suivante pénétra dans la tête du mafioso juste entre les lèvres, transformant le rictus en un affreux magma de dents et d'os pulvérisés, ressortit par la nuque avant d'aller s'enfoncer dans le mur.

L'Exécuteur n'accorda qu'une froide attention au corps qui s'effondrait sur la moquette. Il avait reconnu Teddy Balsano, un important maquereau de New York qui travaillait depuis peu pour le compte de la nouvelle Organisation de la côte Est. Que faisait-il à Los Angeles ? La question trouverait peut-être une réponse en poussant plus en avant le blitz nocturne.

Refermant doucement la porte, Bolan poursuivit sa progression jusqu'au fond du couloir.

L'oreille attentive, il estima qu'il y avait au moins une demi-douzaine d'hommes de l'autre côté du battant et prépara le Heckler & Koch. Puis il ouvrit très naturellement la porte et la repoussa complètement.

C'était exactement ce qu'il avait imaginé. Sept

crapules se prélassaient dans un grand salon à la décoration criarde. Des buteurs, des hit-men qui servaient habituellement d'escorte à des chefs de la mafia. Sept ordures du Syndicat du Crime occupées à discutailler, à rire, à boire et à fumer, et qui ne s'aperçurent même pas de l'événement.

L'un d'eux, pourtant, tourna lentement la tête dans la direction de l'intrus tout en approchant un verre de sa bouche, assis d'une fesse sur le coin d'une table. C'était un colosse au crâne rasé avec une grosse moustache et d'épais sourcils. Ses traits lourds se tendirent soudain, ses sourcils s'abaissèrent et il resta un moment indéfinissable dans une attitude faite à la fois de stupeur et d'indécision. Puis il lâcha son verre et plongea en avant pour tenter d'atteindre l'abri d'un fauteuil.

Il n'avait pas encore parcouru la moitié de la distance quand le Heckler & Koch commença à vomir sa mortelle grenaille. Plusieurs pastilles Parabellum s'enfoncèrent dans la poitrine de l'armoire à glaces, une ogive brûlante lui fit exploser la tempe et la brute termina sa trajectoire dans le flot de son sang qui jaillissait des impacts.

— Putain de merde ! eut le temps de s'exclamer un autre malfrat avant d'encaisser à son tour plusieurs projectiles chuintants dans l'estomac, le cou et la tête.

Un autre encore voulut hurler un avertissement bien tardif, mais sa voix se transforma en un misérable couinement. Une nuée de gros frelons s'étaient frayé un chemin à travers l'atmosphère enfumée et truffaient sa carcasse qui se mit à tressauter sous les impacts.

Deux autres flingueurs cherchaient à saisir leurs armes, mais leurs réflexes étaient manifestement ralentis par l'alcool et la rapidité de l'attaque. Ils s'effondrèrent dans un jaillissement de sang qui se répandit sur les murs et la moquette.

Tout au bout du salon, un mafioso avait réussi à disparaître derrière un petit bar en acajou, s'imaginant peut-être y trouver un abri. Bolan lui fit comprendre son erreur en lâchant encore une rafale dans la boiserie dont une partie vola en éclats. Sous la mitraille, le corps du truand se redressa comme un arc, couvert de sang et le visage déformé par la douleur. Une dernière balle lui fit péter une arcade sourcillière et il émit un affreux gargouillis avant de s'affaler sur des verres et des bouteilles qui se brisèrent bruyamment.

La dernière crapule avait l'air de tenir à la vie. L'Exécuteur l'avait vue bondir tout d'abord vers un flingue nickelé posé sur une commode dans l'intention évidente de riposter à l'attaque, puis s'immobiliser brusquement, complètement tétanisée par la trouille.

— Prends-le ! lui dit l'Exécuteur sourdement.

De côté, l'autre tourna la tête pour jeter un coup d'œil incertain vers l'assaillant.

— Vas-y, prends-le !

Le type porta son regard sur deux corps étendus à quelques mètres de lui, l'un près d'un guéridon qu'il avait fait basculer dans sa chute, l'autre avachi en travers d'un fauteuil, la moitié de la tête en moins.

— Tu te décides ?
— Bon Dieu !... J'ai... j'ai pas envie de crever, Bo... Bolan. On pourrait...
Les mots sortaient difficilement de sa gorge desséchée.
— Oui ?
— On pourrait peut-être... s'entendre ?
— Sur quoi ?
— Je peux vous donner un renseignement...
— Je t'écoute, répondit Bolan d'une voix glacée.
— Ben... Y a en bas plus de dix gus, vous feriez mieux de laisser tomber.
— Je suis déjà au courant. Comment t'appelles-tu ?
— Jeff... Jeff Lamanta.
Le mufle noir du fusil d'assaut était obstinément braqué sur la poitrine du truand.
— Qui sont ces types, Jeff ?
— Des chefs de secteurs.
— Des noms. Donne-moi des noms.
L'Exécuteur s'était placé de façon à pouvoir surveiller le couloir par la porte ouverte sans pourtant être visible.
— Y a Andy Marton, et Doug Mangano...
— Et ensuite ? Tu m'as parlé de dix hommes.
— Ouais... Y a aussi Polo Smile et puis David Jackson. Vous en avez peut-être entendu parler. Ils sont en train de discuter au cinquième.
Bolan avait effectivement entendu parler de ces quatre individus qui occupaient une position hiérarchique moyenne dans l'organisation mafieuse.

Ils avaient tous un point commun : leur activité dans la prostitution et le trafic de stupéfiants.

— Continue, dit-il au buteur de la mafia.

— Eh ben... C'est tout pour les chefs. Les autres sont que des gros-bras, des gus comme moi, quoi... On a été répartis de manière à encadrer les chefs, une équipe en bas, et une autre en haut, pour les protéger. Vous comprenez...

— C'est réussi, lâcha Bolan froidement.

— Dites, heu, comment est-ce que vous êtes arrivé ?

Bolan éluda :

— Pour qui bosses-tu ?

— Polo Smile.

— Comme porte-flingue ?

— Ouais.

— T'as raté ton contrat, Jeff.

— Pas la peine de me le dire, Bolan. Mais, se faire avoir par vous, c'est pas un déshonneur, hein ?

Lamanta tentait de se montrer conciliant et respectueux. L'Exécuteur le réfrigéra :

— Tu as quelque chose à ajouter ?

L'autre comprit la signification de la phrase. Sa pomme d'Adam fit un mouvement de yo-yo et il voulut protester :

— Ecoutez, je peux encore vous être utile, je...

Il se tut en voyant l'expression granitique de Bolan. Celui-ci venait d'apercevoir une silhouette qui se profilait à l'autre bout du couloir. Un type s'approchait tout en maugréant puis, lorsqu'il ne fut plus qu'à cinq ou six mètres, il lâcha d'une voix hargneuse :

— Bande de connards ! Vous pourriez pas faire moins de bordel ?

Puis, alors qu'il atteignait l'entrée du salon :

— Qu'est-ce que vous branlez, là-dedans ?

Subitement, il s'immobilisa en apercevant un premier corps ensanglanté effondré dans un fauteuil et hoqueta tout en portant la main vers son arme. Bolan avait déjà dégagé le Beretta et lui fit sauter le crâne d'une balle silencieuse et précise.

Jeff Lamanta, lui, voulut profiter de la diversion pour continuer sa tentative initiale. S'élançant vers le guéridon, il tendit un bras vers l'automatique nickelé, mais ses doigts se refermèrent sur le vide. L'arme s'était comme volatilisée, propulsée à plusieurs mètres par un projectile Parabellum avant de rebondir sur un mur.

Bolan lui fit ensuite cadeau d'une mort sans douleur en caressant une nouvelle fois la détente du Beretta, puis tourna les talons, négligeant le petit ascenseur intérieur, et gagna l'escalier pour rejoindre l'étage inférieur.

Apparemment, les locaux de ce niveau n'étaient pas occupés pour l'instant. Une porte, cependant, résista à sa poussée, manifestement fermée à clé. Une porte qui lui semblait beaucoup plus épaisse que les autres et qui abritait peut-être un bureau, des documents significatifs. Se réservant d'en examiner le contenu plus tard, il descendit jusqu'au cinquième étage. Son intervention auprès de la vermine qui y siégeait ne pouvait pas attendre.

Ainsi que le lui avait annoncé Lamanta, les

quatre chefs de secteurs pavoisaient dans une salle de conférence au mobilier confortable, deux bouteilles de chianti et des verres disposés sur une longue table, ainsi que des amuse-gueules. Sûrs de leur protection, ils n'avaient même pas pris la peine de fermer la porte de la pièce qu'ils occupaient.

Trois d'entre eux étaient les proxénètes en chef de Los Angeles, Tucson et Las Vegas. Des individus impitoyables et cyniques, qui avaient fait leur chemin dans l'univers de la vermine sociale, et pour lesquels un être humain n'est pas autre chose qu'une denrée leur permettant de faire du gros pognon. Ensemble, ils avaient à leur actif un nombre impressionnant de meurtres, de corruption de flics, et étaient responsables de la déchéance de centaines de pauvres filles tombées entre leurs pattes immondes. Le quatrième personnage ne valait pas mieux. Il s'occupait habituellement du dispatching de came à Miami. C'était un métis noir coiffé à l'africaine, avec des boucles d'oreilles et une perpétuelle expression narquoise sur le visage.

Ils affichaient en ce moment une attitude décontractée, comme s'ils venaient de terminer leurs palabres et s'apprêtaient à quitter la pièce.

Bolan fit une estimation mentale du temps que mettraient les gardes du corps nichés au quatrième niveau pour comprendre ce qui se passait et réagir. Il ne disposerait sans doute que de dix ou quinze secondes avant leur irruption à l'étage. Vingt en mettant les choses au mieux.

C'était vraiment très peu pour espérer découvrir l'information qu'il était venu chercher et se replier ensuite. Mais l'Exécuteur était entraîné à ce genre d'exercice. Il ne lui faudrait qu'un instant très bref pour s'occuper de la racaille installée de l'autre côté de la porte entrebâillée. Le temps de deux ou trois battements de cœur.

Après, il devrait improviser tout en respectant froidement les règles d'un jeu pourri qu'il ne connaissait que trop bien.

Ce n'était pas autre chose qu'une partie de poker dans laquelle la mort était l'enjeu.

CHAPITRE II

Un gros type nommé Doug Mangano étouffa un bâillement et lâcha d'une voix épaisse :

— Bon, les mecs, je vais me foutre dans les toiles. On a du boulot demain matin.

— T'aurais pas une pute à me prêter, Doug ? fit Jackson d'une voix de chèvre ponctuée d'un ricanement.

— Je trimballe jamais des poufs dans les affaires, David. Si tu veux te payer un cul, descends dans la rue, t'en trouveras sûrement.

Polo Smile rigola à son tour :

— Moi, j'aimerais bien me payer cette chatte enragée pour voir comment elle se défend.

— Pas question ! rétorqua Mangano. A moins que tu veuilles te foutre mal avec Joss.

— Joss ne sera là que demain. Alors, si j'ai envie de me payer un extra...

— Arrête tes conneries, Polo ! On a un gros arrivage en vue, tu ne voudrais pas foutre le bordel alors que tout baigne ?

— T'inquiète ! C'était histoire de parler, sans plus.

— Bon, je préfère que ce soit comme tu dis. Ciao, les gars, je vais me zoner.

Mangano s'étira, grimaça et tourna les talons pour se diriger vers la sortie. Il fut le premier à ramasser en pleine tête la mitraille crachée en sourdine par le Heckler & Koch. Son sang gicla en un jeyser pourpre, arrosant Polo Smile qui lui avait emboîté le pas. Ce dernier se mit à hurler avant d'avoir le torse criblé de projectiles et il se mit à danser frénétiquement au rythme du staccato infernal.

Puis la rafale dévia vers Andy Marton, l'attrapa de biais et le fit pivoter comme une toupie folle, le rejetant ensuite contre un mur sur lequel il laissa une vilaine traînée rouge.

Jackson, lui, avait levé les bras très haut au-dessus de sa tête, comme s'il voulait s'accrocher au plafond, et glapissait hystériquement :

— Arrête ! Putain, tu fais une erreur, mec ! Arrête, j'te dis !

Le fusil d'assaut cessa de crachoter mais le métis continua de garder les mains en l'air, les yeux exorbités et les lèvres tremblantes.

— Qu'est-ce que tu viens foutre dans cette opération, Bolan ? s'exclama-t-il de sa voix chevrotante. Putain, t'es pas au courant ?

L'Exécuteur repoussa la porte en la laissant entrebâillée.

— Non, répliqua-t-il froidement. Tu vas sûrement m'éclairer.

— Bordel de merde, c'est une opération de police camouflée, mec ! Ecoute, tu viens de foutre en l'air un travail de plusieurs mois ! Taille la route avant qu'il soit trop tard, c'est un conseil que je te donne.

— Tu as changé de bord, David ? ricana l'Exécuteur.

— Ouais ! On m'a mis le marché en mains, tu peux me croire, je bosse pour le Bureau fédéral, mec...

— Te fatigue pas, il y a un avis de recherche lancé contre toi par le FBI depuis trois mois.

— Merde ! Tu comprends pas ? C'est ma couverture.

Bolan eut un petit rire qui ressemblait au bruit de deux glaçons s'entrechoquant dans un verre.

— Où veux-tu que je te la mette, David ? Dans la tête ou dans le ventre ?

Le métis poussa un drôle de petit cri plaintif et ses bras s'abaissèrent de quelques centimètres.

— Bon, écoutez, Bolan... J'ai essayé et ça a pas marché. O.K. Vous êtes pas le genre de mec qu'on peut promener longtemps, hein ?

— Sors d'ici, lui intima Bolan en lui désignant la porte.

— O.K, O.K ! Vous allez pas me flinguer, hein ?

— Ça dépend de toi. Vas-y.

Subitement, il y eut un bruit de pas précipités à l'autre extrémité du couloir. Des pas martelaient l'escalier. Bien qu'assourdie par le silencieux, la brève fusillade avait été perçue au niveau inférieur.

D'un coup, le martellement cessa et une voix inquiète s'enquit :

— Hé, m'sieur Doug, qu'est-ce qui se passe ?

Jackson avait à moitié baissé les bras, une lueur d'espoir dans son regard vicieux. Mais le canon du fusil d'assaut était toujours fermement braqué sur lui.

— Répondez, merde ! reprit la voix à l'autre bout du couloir. Heu... Jackson, tu m'entends ? Qu'est-ce qui se passe chez vous ?

Bolan imaginait les tueurs immobilisés en haut de l'escalier, flingues prêts à cracher, tendus et salement méfiants.

— Réponds-leur ! ordonna-t-il doucement au métis. Tu te trompes d'un seul mot et tu y passes tout de suite. Pigé ?

Le dealer hocha vivement la tête, chercha ses mots puis lança de sa voix de chèvre :

— Ouais, ouais, ça baigne, Slim ! Y a rien de cassé, t'en fais pas.

— T'es bien sûr ? insista le type.

— Putain ! J'vous dis qu'il y a pas le feu. Vous tous, vous devriez redescendre, c'est simplement la télé qu'on a allumée, y avait une putain de fusillade entre des mecs et des connards de flics !

— Ce qu'on a entendu ressemblait pas à ça, Jackson, fit encore la voix nerveuse.

— Va te faire foutre ! Est-ce que vous auriez laissé entrer un tueur dans la maison ? Et tu crois peut-être qu'on pourrait se foutre sur la gueule entre nous, merde !

— Bon, fit encore la voix en haut de l'escalier, mais prévenez-nous si vous devez faire encore du tapage. Vous comprenez ?

— O.K., Slim ! Te casse pas la tête.

Plusieurs secondes s'égrenèrent en silence, suivies d'un petit bruit de toux et de quelques murmures, puis il eut conscience que la troupe refluait dans l'escalier. La porte palière claqua et le silence s'installa, lourd et moite.

Bolan ne se faisait pas d'illusions, ces types ne seraient pas longtemps dupes. Il eut un bref sourire ironique. Il n'y avait pas de poste de télévision dans la grande pièce...

— Ça vous a plu ? ricana Jackson.

— Continue à coopérer et tu vivras encore un peu. Maintenant, on poursuit le programme.

— Quel programme ?

— Passe devant. Baisse les bras mais dis-toi que tu ne peux pas courir plus vite qu'une balle.

Bolan le délesta d'un petit automatique extra-plat puis, sans se faire prier, le métis franchit la porte, s'arrêta ensuite sagement dans le couloir, à côté de l'ascenseur. Du canon de son arme, Bolan l'obligea à avancer et lui montra l'extrémité du couloir, puis le poussa dans l'escalier montant.

Dix secondes plus tard, ils atteignirent le dernier niveau où l'Exécuteur avait déclenché son attaque initiale. Il obligea Jackson à entrer dans une chambre dans laquelle il le suivit et dont il bloqua la porte en calant une chaise contre la poignée.

— Tu es loin de chez toi, dit-il ensuite au dealer de Miami.

— Ouais, répliqua ce dernier. Les temps sont durs, faut faire de la route pour gagner son pain.

— Parle-moi de l'arrivage en question.

— De l'arrivage ?

— Tu sais de quoi je parle.

L'Exécuteur avait laissé pendre le Heckler & Koch par sa bretelle pour saisir le Beretta qu'il braquait sur son prisonnier.

— C'est rien qu'un arrivage de coke, Bolan. Rien de plus.

— Tu te fous de moi ?

— Sûrement pas.

— C'est une autre chanson que je veux entendre, David. Avec les vraies paroles.

— Mais j'vous jure que...

Le flingue sinistre émit un soupir rauque et la face de la crapule se contracta dans une affreuse grimace. Un juron sortit de ses lèvres en même temps qu'il se tassait jusqu'à toucher le sol des fesses. Puis il eut un regard horrifié vers sa cuisse qu'une auréole sanglante commençait à maculer.

— Putain d'ordure ! Tu m'as bousillé la jambe ! éructa-t-il.

— Tu auras la prochaine dans les tripes et ensuite ce sera la tête.

— Enfoiré !

— Si tu veux. Balance-moi la vraie chanson, David. Tu as deux secondes.

— Bon Dieu, faites pas ça ! Attendez... Ouais, il s'agit pas de came. On attend un envoi du centre...

— Quel centre ?

— Le Middlewest. C'est seulement un peu de fraîche pour les clients.

— Explique, fit Bolan en posant le museau tout chaud du Beretta contre la tempe du dealer.

— Vous savez, y a de plus en plus de clients spéciaux qui se contentent pas des putes ordinaires. Ces mecs veulent consommer de plus en plus jeune.

Un petit muscle tressaillit dans la joue de l'Exécuteur.

— Je t'ai demandé d'être clair, lâcha-t-il d'une voix arctique. Parle-moi de ces gosses.

Le regard du truand se troubla et il battit frénétiquement des paupières.

— Eh bien... Ils sont recrutés un peu partout.

— Partout dans le pays ?

— C'est ça. Avec ces putains de nouvelles lois et les contrôles renforcés aux frontières, il est presque plus possible de faire venir la fraîche d'Amérique latine. Et pour ce qui est de l'Asie, y a plus d'un an que les filières sont cuites.

— Donc, vous recrutez dans le pays.

— Ce sont que des mômes qui savent même pas où crécher et qu'ont rien à bouffer. Des traîne-la-rue, quoi...

— En fait, toi et tes potes, vous leur rendez service ?

— On peut voir les choses comme ça, ouais.

— Vous leur rendez également service en les vendant aux pédophiles et à toutes sortes de détraqués mentaux, sans parler des séances filmées de hard-porno...

— C'est quand même pas ma faute s'il y a plein de tordus dans le monde !

Le visage de Bolan restait de marbre mais, intérieurement, il éprouvait une fureur indicible à l'encontre de la vermine capable d'actes aussi abjects.

— Et toi, reprit-il, tu t'occupes d'approvisionner le réseau en came ?

— Oui, pas autre chose. Je suis pas responsable du reste.

— Combien rapporte ce business ?

— Pour la came ?

— Ne joue pas au con. Je parle des gosses.

— Fallait demander ça à Mangano et aux autres.

— Je te le demande à toi, renvoya Bolan dont l'index blanchit un peu sur la détente du Beretta.

— Pour... Pour une journée, j'crois que ça tourne aux alentours de cinq cents dollars.

— Et qu'est-ce que rapporte la vente d'une cassette de hard-porno ?

— Ça doit être dans les deux cents billets, j'pense.

— Et on peut supposer qu'une seule séance permet de lancer plusieurs milliers de cassettes sur le marché ?

— Bien sûr.

— Ou plus ?

— Ouais, parfois beaucoup plus.

— Qui chapeaute l'opération ? Joss Simonetti ?

La respiration du métis se bloqua. Son visage déjà marqué par la douleur se contracta un peu plus et sa peau prit une couleur franchement grise.

— Y a pas que lui, déclara-t-il difficilement après un silence.

— Je t'écoute.

— J'vous l'ai dit, je suis pas dans le secret, mais j'ai entendu dire que le réseau a une couverture nationale. Y a plein de grossiums qui ont les mains sur l'opération. Et aussi des types vachement haut placés dans l'administration. Mais je peux pas vous dire ce que je sais pas. Vous devriez laisser tomber, vous ne pourrez pas remonter jusqu'aux grosses légumes qui font partie de ce business. Ils se servent de correspondants qui font le va-et-vient entre les deux côtes et qui passent les ordres.

— Tu en connais ?

— Personne ne les voit jamais.

— Mais tu as bien quelques noms en tête ?

— Le seul dont j'ai entendu parler, c'est un certain Jeff de Manhattan.

— Et tu veux me faire croire que tous ces gars sont des fantômes...

— Presque ! On se demande même s'ils existent. Enfin, je...

Bolan le fit taire d'un geste et se tint en éveil. Il venait d'entendre un bruit sourd dans l'immeuble, pensa qu'il s'agissait de l'ascenseur. Puis, quelques instants plus tard, il y eut une sorte de glissement de l'autre côté de la porte. Se redressant, il alla déplacer silencieusement la chaise qui bloquait le battant et ouvrit celui-ci d'un coup, démasquant une silhouette armée aplatie contre un mur. Sans qu'il eût besoin de réfléchir, une ogive chuintante atteignit le buteur de la mafia en plein front alors que celui-ci commençait seulement à braquer son revolver. Ce fut comme un signal. Tout de suite après, des détonations claquèrent et une nuée de projectiles s'enfoncèrent dans les murs. Pendant une dizaine de secondes, un vacarme invraisemblable retentit à l'étage et une âcre odeur de poudre emplit l'atmosphère.

Le corps de David Jackson s'agitait de petits spasmes et une grimace qui se voulait ironique tordait ses grosses lèvres.

— J'te l'avais dit, mec, ils vont avoir ta sale peau de merde ! Cette fois, tu pourras pas jouer de la surprise, ces gars sont de vrais gros méchants.

Il ponctua son affirmation d'un geste obscène puis se mit à jurer quand l'Exécuteur l'empoigna pour le soulever et le traîner jusqu'à la porte.

— Va retrouver tes potes, lui dit Bolan en le projetant dans le couloir où il s'affala, donnant l'impression d'avoir plongé au sol.

Instantanément, une assourdissante cacophonie accompagna un nouveau tir de barrage tandis que la carcasse du métis trépidait sous une grêle de projectiles. Son corps truffé de plomb ressembla bientôt à un abominable tas de chair à pâté agitée par les impacts.

CHAPITRE III

Le silence qui suivit parut presque surnaturel. Ensuite, quelqu'un se mit à glapir :

— On l'a eu ! On a eu le fumier !

Puis, quelques secondes plus tard, une autre voix s'exclama :

— Merde ! C'est David ! On a flingué David !

Un troisième type grogna une imprécation.

Tout de suite après la fin de la fusillade, l'Exécuteur avait risqué un rapide coup d'œil dans le couloir. A travers la fumée des coups de feu, il avait pu noter la position de trois de ses adversaires. Le premier s'était embusqué dans le chambranle d'une porte, à environ dix mètres de là. Un autre se tenait dans la cabine de l'ascenseur, plus loin, et il avait entrevu une tête dépassant par la porte palière, tout au fond du couloir.

Bolan jura sourdement. Il s'était laissé enfermer dans un cul-de-sac, tout repli coupé. Mais c'était pour obtenir des renseignements qu'il s'était pointé par le ciel dans cette baraque de la mort, pas seulement pour y trucider des truands de la mafia. Bien que l'interrogatoire de Jackson eût été prématurément interrompu, l'Exécuteur pensait en retirer des éléments positifs et utilisables. A condition qu'il reste en vie, bien sûr.

Son chemin de repli, il allait devoir se le frayer en force, il n'était pas au bout de ses ressources. Dégoupillant une grenade à main, il fit un décompte mental, envoya quelques coups de feu dans le couloir, puis balança l'engin en direction de la cabine d'ascenseur. L'explosion se produisit à moins d'un mètre des portes coulissantes et secoua les murs dans une déflagration de fin du monde.

Aussitôt, Bolan s'élança hors de la chambre, fonçant à travers un nuage de poussière et de plâtre pulvérisé pour rejoindre la terrasse, tirant de brèves rafales pour couvrir sa progression. Au passage, il entrevit un corps démembré dans l'encadrement d'une porte. Le cadavre d'un autre dépassait de la cabine de l'ascenseur, la tête à moitié arrachée de la poitrine et les intestins à l'air.

Brusquement, plusieurs coups de feu claquèrent devant lui, tirés par un flingueur planqué dans l'escalier. Il lui renvoya la monnaie de sa pièce sous forme d'une giclée de plomb et eut le plaisir d'entendre un cri de douleur accompagné par un bruit de chute.

En passant devant l'ouverture, il y lança une grenade tout en poursuivant sa course, escaladant les marches sans se retourner.

Au moins trois mafiosi vivaient encore et ceux-là pouvaient reparaître rapidement. Jeff

Lamanta lui avait parlé de six gardes du corps entassés au quatrième étage. Sans doute y en avait-il plus et ce n'était pas le moment de s'attarder dans les lieux.

Débouchant à l'air libre, l'Exécuteur se dirigea avec circonspection vers l'endroit où il avait abandonné son système P.L. Bien lui en prit, car une silhouette s'affairait nerveusement dans l'obscurité, traînant une charge derrière lui. Sans plus de précaution, Bolan marcha carrément sur le type qui venait de hisser le PL sur le parapet dans l'intention visible de le balancer dans le vide.

— Tu veux un coup de main ? lui demanda-t-il gentiment.

— Non, ça ira, répliqua l'autre en ahanant. C'est lourd, c'te connerie de bidule, mais le fumier pourra plus...

Puis il sursauta, lâcha prise et fit un bond en arrière, dégainant un pistolet. Tout en continuant d'avancer vers le mafioso, l'Exécuteur exerça une infime pression sur la détente du monstrueux Automag qui se cabra dans sa main dans un fantastique aboiement. La tête à moitié désintégrée, le porte-flingue accomplit une pirouette grotesque, buta contre le petit parapet et bascula dans le vide.

Passant le harnais de l'appareil autour de son torse, Bolan nota que de nombreuses fenêtres s'éclairaient dans la façade de l'immeuble voisin. Des gens inquiets ou affolés cherchaient à comprendre ce qui se passait et certains d'entre eux avaient sans doute déjà lancé des coups de fil alarmés.

Il jeta un regard vers le bas avant de s'élancer dans les airs, estimant qu'il pourrait parcourir trois ou quatre cents mètres avant de toucher le sol. Ce serait suffisant. Puis il y eut un fracas de verre brisé, quelques mètres en dessous de lui et, immédiatement après, des cris se firent entendre. Des cris désespérés qui ne pouvaient être que poussés par une femme.

— Merde, merde, merde ! grogna sourdement l'Exécuteur.

C'était bien le moment ! Des tueurs arrivaient dans son dos, d'autres avaient peut-être été alertés et accouraient vraisemblablement pour prêter main-forte. Et les flics allaient eux aussi s'amener dans quelques instants ! Le quartier de Bel Air, tout proche, ainsi qu'une partie de Beverly Hills, bénéficiaient d'une protection spéciale incluant l'intervention de troupes armées à bord d'hélicoptères en cas d'alerte.

C'était la guigne. Qu'est-ce qu'une bonne femme hystérique pouvait bien avoir à faire dans un antre pourri de la mafia ? D'évidence, elle n'était pas tout à fait d'accord avec eux, ça non, elle donnait de la voix pour le faire comprendre. En tout cas, Bolan ne pouvait la laisser entre les sales pattes de ces cannibales. Et si elle était leur prisonnière, il se pouvait qu'elle soit au courant d'éléments intéressants pour Bolan.

D'après le fracas de vitres qu'il avait entendu, les appels provenaient du sixième étage, probablement de la pièce fermée par cette porte épaisse qui lui avait résisté.

Délaissant l'engin, il regagna l'ouverture sur la terrasse qu'il franchit vivement, se jetant aussitôt contre le mur. Mais ce qu'il vit de l'escalier était tranquille. Troquant son Automag pour le Heckler & Koch, il éjecta le chargeur presque vide pour en engager un neuf et descendit par petits bonds jusqu'au septième niveau.

L'air était encore empreint de l'odeur piquante de la poudre mais la fumée s'était dissipée et il eut juste le temps d'apercevoir une tête dépasser furtivement d'une porte. L'instant qui suivit fut ponctué de gros coups de feu tirés par un fusil à pompe. Il avait déjà bondi en arrière, évitant de justesse une nuée de grosses chevrotines qui labourèrent la moquette à quelques pas de lui. Se relevant sur un genou, il arrosa le couloir d'ogives Parabellum avant de balancer une grenade à fragmentation en direction du tireur.

Prêt à cracher l'enfer, l'Exécuteur descendit rapidement jusqu'au sixième, jeta un rapide regard sur le palier et s'aplatit immédiatement sur les marches pour éviter une grêle de plomb qui lui passa à quelques centimètres de la tête. Il avait repéré deux hommes planqués tout au fond du couloir et qui tiraillaient à tout-va, l'un avec son revolver, l'autre avec un petit pistolet-mitrailleur.

Profitant d'une brève accalmie, il leur expédia sa dernière grenade puis une salve de 9 mm pour faire le compte. Enfin, le calme revint. Les oreilles bourdonnantes, Bolan marcha jusqu'à la porte qui lui avait résisté.

— Ecartez-vous ! cria-t-il en espérant être entendu.

Deux secondes plus tard, il envoya trois balles de 9 mm dans la serrure puis enfonça le battant d'un coup de pied. C'était bien ce qu'il pensait. Il avait devant les yeux une pièce aménagée pour y garder un ou plusieurs prisonniers et meublée plus que sommairement. Deux lits à armatures métalliques, une installation hygiénique rudimentaire et une petite table de bois.

Pas étonnant qu'il n'ait rien entendu depuis le palier, non seulement le battant était d'une épaisseur inhabituelle, mais il était aussi capitonné à l'intérieur. L'unique fenêtre était garnie de gros barreaux d'acier. Les vitres en étaient brisées, visiblement par un tabouret en fer qu'on avait dû projeter dessus et qui s'était encastré dans les barreaux. Une geôle, un sordide cachot.

En plus du caractère hermétique de l'endroit, la fille qui y était retenue prisonnière avait un poignet attaché au cadre d'un lit par des menottes. Elle pouvait avoir dans les trente ans et portait pour tous vêtements un slip et un soutien-gorge noirs. Malgré son visage crispé par la peur, ses cheveux emmêlés, elle était belle et racée. Son corps faisait penser à celui d'une déesse mythologique. Mais Bolan n'avait vraiment pas le temps de s'attarder dans la contemplation du ravissant spectacle.

Sans un mot, il affermit sa main sur la chaîne des menottes et fit sauter d'une balle précise l'attache reliée au montant du lit. L'ouverture du second bracelet d'acier serait pour plus tard.

— Où sont vos vêtements ? questionna-t-il.

Elle eut un haussement d'épaules avant de répondre :

— Emportés par ces salauds.

Il vit que sa respiration était courte et qu'elle parlait avec effort. Peut-être l'avait-on droguée.

— Vous pourrez marcher ?

De la tête, elle fit oui.

— Allons-y, dit-il. Et restez derrière moi quoi qu'il arrive.

Quittant la pièce, la silhouette noire de l'Exécuteur se profila dans le couloir désert et vint se plaquer à l'angle du palier. Il tendit l'oreille, se demandant combien de buteurs il pouvait encore y avoir dans l'immeuble.

Au bout de quelques secondes, il perçut une sorte de raclement en contrebas, puis des chuchotements. Bon, on l'attendait de ce côté, au moins deux mafiosi qui se tenaient en embuscade à l'étage inférieur.

Il n'était pas question d'emprunter l'ascenseur au risque de se faire bloquer entre deux étages. Pas question non plus de remonter sur la terrasse pour quitter les lieux. Son appareil aérien n'était pas aménagé pour supporter deux personnes, même s'il abandonnait son armement sur place.

— Stand-by ! grogna-t-il.

— Quoi ? Qu'est-ce que..., chuchota la fille.

— Tenez-vous tranquille et attendez-moi.

— Mais je...

— La ferme !

Lui plaçant une main sur l'épaule pour l'obliger à rester immobile, il s'avança ensuite vers la porte palière restée grande ouverte. Puis, après avoir pris sa respiration, il se mit à dévaler l'escalier tout en lançant devant lui un déluge de plomb. Tirant sans discontinuer, il atteignit l'étage inférieur, entraperçut un tireur qui venait de lâcher quelques balles au hasard avant d'essayer de se planquer dans une pièce. La dernière rafale qui chuinta du mufle du Heckler & Koch attrapa le mafioso à l'épaule et lui fit faire volte-face. Une énorme ogive de .44 magnum le cloua ensuite contre le mur.

Le chargeur du fusil d'assaut était vide. Bolan s'agenouilla un instant pour diminuer la cible qu'il représentait, tout en réapprovisionnant son arme. Il venait juste d'engager le nouveau chargeur quand une brute immense jaillit d'une porte et tendit un gros revolver qui tonna aussitôt. La balle emporta une partie du mur à quelques centimètres de la tête de l'Exécuteur dont le doigt se replia sur la détente du fusil d'assaut. Cisaillé de l'estomac à la gorge, le mastodonte poussa un braillement de goret tandis que de petits jeysers de sang jaillissaient de sa poitrine.

En quelques secondes, Bolan vérifia ensuite l'étage, repoussant les portes à coups de talons, s'apprêtant à éliminer au centième de seconde près tout ce qui pouvait présenter le moindre danger. Le champ était libre.

Remontant à l'étage supérieur, il fit un signe à la brune figée dans une attitude terrorisée, puis il dut aller la chercher, l'entraînant à sa suite.

Il s'attendait encore à un nouveau barrage, mais

ne rencontra pourtant pas âme qui vive jusqu'au rez-de-chaussée. Le hall d'entrée était obscur, vaguement éclairé par la lumière d'un lampadaire à travers les portes vitrées.

— On va devoir cavaler, annonça-t-il à la jeune femme. Ça ira ?

Elle lui fit oui de la tête et marmonna quelques mots étranglés.

A l'instant où il s'apprêtait à sortir, un brusque éclairage et un crissement de pneus le mirent en alerte. Un véhicule venait de freiner brutalement sur le parking, à moins de vingt mètres de l'entrée de l'immeuble. Une grosse caisse remplie de gorilles qui déjà se précipitaient vers l'entrée de l'immeuble, l'arme au poing et la mine féroce. Celui qui conduisait la petite troupe était un homme de taille moyenne, trapu, avec des épaules démesurément larges et une tête de bouledogue. Bolan l'identifia comme étant Buck Falconetti, un tueur de la mafia réputé pour son efficacité et sa cruauté, et que l'on avait surnommé dans le milieu la « bête de Hyde Park ».

Bon, la sortie était coupée de ce côté. Avec la fille en petite tenue sur les bras, un nouvel engagement n'était pas envisageable. La faisant pivoter, il l'entraîna au fond du hall en direction d'un étroit couloir. L'étude préalable des plans de l'immeuble lui permettait de se diriger sans hésitation ; aussi atteignit-il facilement une porte métallique fermée de l'intérieur par un gros verrou qu'il n'eut qu'à tourner. Il était logique que les mafiosi aient pensé à contrôler l'issue de service. Ouvrant doucement le battant, il risqua un œil prudent à l'extérieur, examina la cour et le parking contigu sans pourtant noter de présence inquiétante. Ça laissait entendre une intervention hâtive à la suite d'un appel de renfort précipité.

L'Exécuteur se coula dans l'ombre du parking, la fille sur les talons, se tenant le plus possible en retrait de l'éclairage de deux lampadaires. A l'instant où ils atteignaient la limite de l'aire de stationnement, un gros bourdonnement se fit entendre dans la nuit. Un hélico de la police, sans aucun doute. Puis les phares d'un véhicule en approche rapide se signalèrent sur la route en bordure de l'ensemble résidentiel. Il estima qu'il s'agissait d'une seconde équipe de renfort et obligea la jeune femme à presser le pas.

Depuis qu'ils avaient quitté le bâtiment, elle était restée silencieuse, se contentant de le suivre comme son ombre, sans un murmure et sans la moindre plainte. Elle s'était, par inconscience ou stupidité, fichu dans un pétrin pas possible, mais au moins, elle avait du courage.

Bientôt, plusieurs sirènes de police lancèrent leur clameur syncopée, attestant d'une arrivée imminente. Les flics n'avaient vraiment pas traîné.

Ils avaient à présent franchi un peu plus de trois cents mètres à travers une zone obscure et s'apprêtaient à traverser la route goudronnée, mais ils durent s'accroupir pour laisser passer une première voiture de police lancée plein pot vers l'immeuble de la mafia. Quelques foulées, ensuite, les conduisirent jusqu'à un chemin pavé qui s'inscrivait au milieu d'une petite agglomération de villas, l'empruntèrent, puis débouchèrent sur le serpentin de Mulholland Drive.

Deux minutes plus tard, Bolan retrouva la Porsche gris métallisé qu'il avait garée dans le renfoncement d'une courbe en prévision de son repli. Le moteur démarra à la première sollicitation et fit entendre son ronronnement réconfortant.

Attrapant un imperméable à l'arrière du véhicule de sport, il le passa sur ses épaules afin de couvrir la combinaison de combat, puis il tendit un blouson de Nylon à la fille.

— Enfilez ça, on va devoir prendre le freeway.

— J'ai froid, annonça-t-elle en s'emparant du vêtement.

En fait, elle claquait des dents. Bolan avait l'impression d'écouter un solo de castagnettes.

CHAPITRE IV

Ils circulaient sur le San Diego Freeway, en direction du nord. Ensuite, il leur faudrait prendre la voie express menant à Pasadena et à la zone plus calme de San Gabriel où Mack Bolan avait parqué son quartier général mobile.

Il avait mis un plaid sur les jambes de la brune et branché à fond le chauffage de bord. A présent, elle paraissait avoir repris un tonus normal mais gardait résolument les mâchoires soudées, le regard dans le vague. Plusieurs fois, elle avait ajusté le plaid pour cacher la nudité de ses cuisses, avec des gestes nerveux et gauches.

— J'essaierai de vous trouver des fringues un peu moins sommaires, lui dit-il.

Elle ne broncha pas, ne lui accorda même pas un regard.

— Vous n'êtes pas très bavarde, lui fit-il remarquer au bout d'un moment.

Paraissant revenir à la vie, elle respira par petits coups, puis haussa doucement les épaules avant de répliquer :

— Que voudriez-vous que je vous dise?

Merci, peut-être ?... Oui, et même sans aucun doute. Je vous dois un grand merci.

— Ce n'était pas un remerciement que j'attendais.

— Alors quoi ?

— Peut-être une explication.

— Laissez-moi le temps de remettre mes idées en place.

Il ne tint pas compte de sa réponse, insista :

— Que faisiez-vous chez les cannibales ?

— Vous avez pu constater que je n'y étais pas de mon plein gré.

— Ouais. Mais encore ?

— Je n'ai rien dit à ces gangsters. Pourquoi ferais-je des confidences à un criminel dans votre genre ?

Bolan eut un petit rire grinçant.

— Vous savez qui je suis ?

— Comment pourrais-je l'ignorer ? La télé, la radio et la presse écrite n'arrêtent pas de parler de vous. Mais ils sont sûrement en dessous de la réalité. En vrai, vous êtes encore beaucoup plus sinistre et impressionnant que tout ce que les médias peuvent raconter sur vous.

Après s'être mordillé les lèvres, elle s'enferma dans le mutisme. Bolan ne tenta pas de l'en sortir.

Bon, au moins, de son côté, il n'y avait plus à faire les présentations. Restait à savoir quel nom mettre sur ce joli minois encore crispé par une trouille rétrospective, et découvrir quel rôle tenait ce pion sur l'échiquier de la mafia.

La circulation était fluide. Il mit un peu plus de trente minutes pour atteindre Pasadena et une quarantaine d'autres pour arriver à destination. Le gros char de guerre camouflé en banal mobil-home était en attente dans la montagne, sur un petit parking en bordure de route d'où l'on pouvait distinguer, de jour, l'observatoire du Mont Wilson. Noyé dans l'ombre à l'amorce d'une forêt de pins, l'énorme véhicule était à peine visible et la jeune femme faillit buter contre la cloison métallique. Elle émit un petit cri, se laissa ensuite guider à l'intérieur. Portière verrouillée et système de sécurité enclenché, l'Exécuteur donna de la lumière, découvrant le module habitable : une cabine confortable, capitonnée, équipée d'une kitchenette.

Promenant un regard inquisiteur autour d'elle, la jeune femme eut comme un petit gloussement.

— Ainsi, c'est là que vous vivez.

— En partie, oui.

La laissant seule un court instant, il revint muni d'un passe-partout qui lui permit de la délivrer du bracelet des menottes. Ensuite il ouvrit un mini-bar et lui versa deux doigts de whisky dans un verre.

— Je ne bois jamais d'alcool, rétorqua-t-elle vivement.

— Pour une fois, vous devriez enfreindre la règle, ça vous redonnerait un peu de couleur.

— Pourquoi ne me ramenez-vous pas chez moi ? Vous aussi, vous comptez peut-être me garder prisonnière ? lui dit-elle avec du défi dans le ton.

— Pour l'instant, chez vous est le dernier endroit où vous devriez envisager de vous rendre.

— Je demanderai une protection.

— A qui ? Aux flics ?

— C'est une démarche légale.

— Les *amici* se foutent des démarches légales. Et de trop nombreux policiers touchent des enveloppes pour fermer les yeux ou tenir la racaille au courant.

— C'est une façon de voir les choses. Dites...

— Oui ?

— Vous m'aviez parlé de vêtements un peu moins ridicules.

Elle s'était entouré les hanches avec le plaid noué à la taille. Le blouson était deux fois trop grand pour elle.

Bolan lui sourit et s'éclipsa un instant pour revenir avec un ensemble de jogging plus adapté à son gabarit, ainsi qu'une paire de baskets. Elle était en train de tremper ses lèvres dans l'alcool en faisant une petite grimace.

— Vous pouvez enfiler ça dans la cabine de douche, lui dit-il.

Après un hochement de tête, elle se laissa guider à travers un bout de couloir aux parois métalliques, s'enferma ensuite dans la cabine en faisant claquer le verrou. Il ne lui fallut que deux minutes pour reparaître, posant le blouson et le plaid sur une banquette.

— Les basquets me vont, fit-elle. Exactement ma pointure. Ce n'est évidemment pas la vôtre...

Lui adressant un petit sourire ambigu, elle demanda :

— Ça vous arrive souvent de secourir des femmes en détresse ?

— Les *amici* ne font pas de discrimination en ce qui concerne leurs proies. Femmes, enfants, vieillards, tout ce qui les gêne est réduit au même niveau. Après ce qui vous est arrivé, je pensais que vous l'aviez compris. Maintenant, vous pourriez peut-être m'expliquer comment vous en êtes arrivée là.

D'un geste un peu nerveux, elle monta le verre jusqu'à ses lèvres, en but une gorgée et se mit à tousser. Gentiment, il lui tapota le dos et la fit asseoir. Le regard un peu trouble, elle respira plusieurs fois profondément, le fixa comme pour le jauger puis baissa les yeux et commença :

— D'accord, je vais vous parler de moi. Mais ça ne va peut-être pas vous plaire. Mon nom est Diana Nicholson.

S'interrompant aussitôt, elle garda le silence en paraissant l'épier, pour ensuite insister :

— Ce nom vous dit peut-être quelque chose, monsieur Bolan ?

En effet, le nom de Diana Nicholson ne lui était pas étranger. Il en avait récemment entendu parler à la radio et avait eu l'occasion de voir son visage sur un écran de télévision. Mais ce visage n'avait qu'un lointain rapport avec celui qu'il avait en ce moment devant lui. Une question de coiffure et de maquillage, bien sûr.

— Il me semble que vous devriez être blonde pour porter ce nom, fit-il remarquer.

— Exact. Je me suis teint les cheveux et depuis quelque temps je me maquille différemment. Par obligation.

— Par obligation ?

— Depuis quelque temps, je préfère passer le plus possible inaperçue.

En la circonstance, elle n'avait aucun maquillage, ses cheveux sombres étaient en désordre et elle portait la trace d'un coup sur une joue. Bolan songea qu'elle avait beaucoup de chance de s'en être tirée à si bon compte.

Quant au nom, il l'assimilait à une fonction officielle exercée au sein du Ministère de la justice, dans l'Etat de Californie. Diana Nicholson n'avait évidemment rien à voir avec une prostituée de la mafia ou une quelconque fille du Milieu. C'était un magistrat dont on avait beaucoup parlé durant une période de plusieurs semaines, puis qui était apparemment retombé dans l'oubli. Selon les souvenirs de l'Exécuteur, elle avait mené une campagne mouvementée visant à obliger les instances politiques à prendre des mesures contre l'exploitation criminelle des enfants. Bizarrement, du jour au lendemain, elle avait disparu des écrans de télévision et même la presse écrite ne faisait plus la moindre allusion à son sujet.

— Je suppose que ça ne vous plaît pas spécialement, déclara-t-elle.

— Quoi ? Que vous soyez juge d'instruction ?

— Bien sûr.

— Je n'ai rien contre les magistrats, sauf s'ils mangent au râtelier de la mafia.

— Mais vous vivez constamment en marge de la loi ! s'écria-t-elle soudain avec véhémence. Vous bafouez la justice, vous méprisez les valeurs institutionnelles, vous foulez au pied toutes les institutions légales et...

Elle chercha son souffle.

— Et quoi ? enchaîna-t-il.

— Ne me dites surtout pas que vous agissez au nom d'une quelconque justice ! Je connais votre théorie. Le jugement de Dieu... Si les types qui se dressent en face de vous y survivent, ils sont innocents. Si vous jouez de la gâchette, ils sont forcément coupables. Pour moi, vous avez du sang plein les mains, vous êtes un personnage cruel et sanguinaire, quels que soient vos motifs de base. Vous n'êtes pas autre chose qu'un assassin, un être humain qui a perdu tout sens moral et se ravale au rang des animaux.

Bolan réprima un haussement d'épaules. Ce n'était pas la première fois qu'on lui tenait ce genre de discours. Invariablement, ceux qui en étaient les auteurs ne connaissaient que médiocrement les agissements et les procédés des mafiosi. Mais il s'étonnait qu'une femme telle que Diana Nicholson, une femme intelligente, fréquemment confrontée aux problèmes de la criminalité, puisse avoir autant d'aveuglement.

Il eut un instant envie de l'envoyer promener grossièrement, elle et ses belles théories toutes faites, de lui dire qu'il n'avait pas de temps à perdre en discutailleries légales. Mais il n'en fit rien. D'un ton très doux, il s'adressa à elle comme à une enfant :

— Quand un meurtrier est déclaré coupable dans un Etat où la peine de mort est toujours en vigueur, qui porte son sang sur les mains, d'après vous ? Il faut bien que quelqu'un soit responsable de cet acte.

— Ça n'a rien à voir, objecta-t-elle. D'abord, il s'agit d'une décision de justice. Non, ne souriez pas, quand je parle de justice il s'agit bien de celle qui a été instituée avec l'approbation de toute la société, pas d'une pseudo-justice fabriquée pour les besoins d'une cause personnelle.

Faisant une pause, elle but encore une gorgée de whisky. Les couleurs lui étaient revenues et son regard était ferme.

— Bien sûr, poursuivit-elle ensuite, lorsqu'il y a condamnation et exécution d'un criminel, ainsi que vous le dites, quelqu'un porte forcément du sang sur les mains. Le bourreau, les juges et leurs adjoints, les membres du jury, enfin tous ceux qui ont donné pouvoir aux autorités légales. C'est une responsabilité partagée par toute la société afin que celle-ci soit protégée selon des normes morales, réalistes et les plus justes possible. Personne ne peut se croire au-dessus de ces lois que vous méprisez tant, monsieur Bolan.

— Je ne méprise rien, Diana. Rien de ce qui est établi dans un esprit d'éthique et d'honnêteté.

— C'est peut-être ce que vous croyez au fond de vous-même, du moins essayez-vous de vous en persuader. Mais avez-vous déjà entendu parler du respect de la vie humaine et de la tolérance ?

— Je ne veux pas entrer dans votre système de tolérance. C'est aussi au nom de la tolérance que la justice relâche des individus coupables des pires atrocités et qui n'ont d'autres soucis que de recommencer à tuer, à violer, à corrompre ou à torturer dès qu'ils sont sortis de taule. C'est un éternel recommencement. Au moins, lorsque j'élimine une crapule, elle ne risque pas de recommencer.

— Vous êtes atroce.

— Non, réaliste.

— Mais vous prétendez défendre la société contre sa propre volonté, contre les règlements qu'elle s'est elle-même donnés... C'est de la paranoïa !

— Qui a instauré ces règlements ? Sûrement pas la société dans le sens large du terme. Le Système, oui ! Et qui les met en application ? Le Système. Vous êtes-vous déjà demandé dans quelle proportion le Système est infiltré par la racaille criminelle ? Vous êtes pourtant bien placée pour savoir ce qu'est le Crime Organisé et toutes ses branches dérivées. En portant des coups à la vermine mafieuse, je n'ai nullement le sentiment de commettre un acte en contradiction avec la morale.

— C'est bien ce que je disais. Les paranoïaques n'éprouvent jamais de sentiment de culpabilité, ils vivent dans un microcosme qu'ils ont fabriqué pour fuir leurs responsabilités, leurs craintes d'un ennemi imaginaire.

Il faillit éclater de rire.

— Ceux qui vous retenaient dans cette baraque étaient sans doute des personnages imaginaires ?

— Je fais la différence entre la notion d'ennemis et l'imaginaire qui peut en découler. Qu'est-ce qui vous donne la certitude de ne pas mélanger les deux ?

— Je n'ai aucune certitude. Je me contente d'examiner des faits et d'agir.

— Sur quels critères ?

Bolan grimaça un sourire.

— Je n'ai pas l'intention de m'étendre sur mon propre sujet, madame le juge. Parlons plutôt de vous et de ce que vous faisiez chez les *amici*.

Elle donna l'impression de ne pas avoir entendu, insistant comme si cela avait pour elle une énorme importance :

— Et si vous vous trompez ?

— Sur quel sujet ? Soyez plus précise.

— Je veux dire, il peut vous arriver de faire une erreur, vous n'êtes qu'un être humain.

— Ravi de l'apprendre ! Si j'ai le moindre doute sur l'une de mes cibles, je laisse tomber et je dépasse. Je n'éprouve aucune satisfaction à tuer, soyez-en sûre. Ça vous suffit ?

Les lèvres de Diana Nicholson eurent un petit frémissement. Bolan laissa passer quelques secondes en silence avant de poursuivre d'un ton amical :

— J'ai l'impression que vous vous êtes fichue dans un sacré bourbier, Diana. Je ne peux rien vous promettre, aucun remède absolu ni solution miracle. Comme vous l'avez dit je ne suis rien d'autre qu'un être humain. Mais je connais bien la racaille qui a infiltré le système que vous respectez tant. Voulez-vous que nous essayions d'examiner un peu la situation ensemble ?

CHAPITRE V

— N'attendez pas de moi que je trahisse un quelconque secret d'instruction, déclara-t-elle, les traits un peu trop tendus.

Puis elle prit son souffle et se lança :

— Tout a débuté lorsque j'ai ouvert un dossier traitant d'une filière de pédophilie à L.A. Cela remonte à un peu plus de deux mois. Plusieurs pages de déposition avaient été raturées et des noms étaient devenus illisibles. Quelqu'un avait porté en marge des annotations du genre : « mots rayés nuls », accompagnées de paraphes imitant gauchement ceux des témoins. Lorsque j'ai demandé ce que cela signifiait aux policiers chargés de recueillir les dépositions, ils m'ont répondu qu'ils n'en savaient rien, qu'ils n'avaient jamais rien ajouté ni rayé dans ces textes. Mais il était évident que quelqu'un avait tenté de truquer les pièces. Ensuite, lors de l'examen d'un autre dossier, j'ai trouvé une feuille qui semblait s'être glissée par inadvertance dans la chemise, et qui n'était pas enregistrée dans la nomenclature. Ce papier portait la mention : « A ne pas verser au dossier, témoignage douteux. »

Diana Nicholson avança la main pour saisir le verre de whisky puis se ravisa, le repoussant sur la tablette.

— J'ai pensé au contraire que ce document aurait dû figurer officiellement au dossier. C'était un témoignage important qui mettait en cause un personnage très en vue à L.A., et qui l'accusait ouvertement de complicité en matière de proxénétisme visant les mineurs. En fin de journée, un greffier est venu me demander si je n'avais pas vu le document en question. J'ai feint l'étonnement et il n'a pas insisté. Et puis, il y a eu d'autres anomalies du même genre.

— Aviez-vous communiqué ces dossiers à quelqu'un ?

— Non. En revanche, ils avaient suivi une filière classique avant de m'être remis. Un greffier et un officier de police sont préalablement chargés de l'enregistrement et de la vérification des pièces.

— Quelle relation avec votre petit séjour chez les cannibales ?

— J'y viens. A la suite de ces anomalies, j'ai rédigé une note à l'attention du procureur, lui demandant d'ouvrir une enquête. Savez-vous ce qui m'a été répondu ?

— Qu'il n'y avait pas lieu de poursuivre ? fit Bolan.

— A peu de chose près, c'est ça. D'après un examen qui m'a paru plus que sommaire, la formulation et la légalité des dépositions ne pouvaient être mises en doute. Ça n'a pas été plus loin. La note qui m'a été adressée n'était pas signée. J'ai alors pris mon téléphone pour demander au procureur de certifier la note mais c'est à un de ses sous-fifres que j'ai eu affaire. Là, tout a été plus clair, si je puis dire : « Laissez tomber ce chapitre, vous n'arriverez à rien. » Il m'a aussi fait comprendre que des consignes confidentielles venaient de beaucoup plus haut que le procureur... Ça ne paraît pas vous étonner ?

L'Exécuteur eut un bref ricanement.

— Vous me voyez bouleversé d'apprendre une chose aussi surprenante !

Elle ne releva pas l'ironie.

— Les choses sont allées ensuite beaucoup plus loin. En tant que juge d'instruction, j'ai le pouvoir d'ordonner une enquête judiciaire sur ce qui était pour moi une évidente falsification de pièces juridiques et un détournement d'informations. Ce que j'ai fait aussitôt. Vous dire les pressions que j'ai alors commencé à subir, ce n'est rien. J'ai tout entendu de la part de gens que je n'aurais jamais soupçonnés ni de trafic d'influence ni d'une quelconque collusion avec des suspects. C'était pourtant bien de cela qu'il s'agissait. Certains avaient manifestement peur et me recommandaient la plus grande prudence, d'autres n'y allaient pas par quatre chemins et me faisaient clairement comprendre qu'il est facile de retirer un dossier d'instruction à un juge. C'est d'ailleurs vrai, il existe plusieurs prétextes légaux qui le permettent. Bref, les pressions ont continué mais je n'ai pas renoncé. Et c'est alors que j'ai reçu des menaces téléphoniques. Chez moi et même à mon bureau. Il y a même eu un soir où un type m'a coincée dans le parking de mon immeuble, pour me répéter ce que j'avais déjà entendu une bonne dizaine de fois : « Arrête tes conneries, pouffiasse, ou on te fait bouffer tes nichons. » Il m'a montré un couteau à cran d'arrêt et me l'a appuyé un instant contre le cou. Le parking était désert et je n'avais pas d'arme sur moi.

— Comment était ce type ? A quoi ressemblait-il ? demanda Bolan.

— C'était un homme de taille moyenne mais avec des épaules très larges et un visage cruel qui fait penser à un fauve.

— Avec une cicatrice en forme de croix sur la pommette gauche ?

— C'est ça, oui. Et il avait une voix rauque.

— Falconetti, grogna-t-il.

— Pardon ?

— Son nom est Buck Falconetti, on l'appelle aussi la bête de Hyde Park. Même si vous aviez été armée, vous n'auriez eu aucune chance de vous défendre contre lui. Vous n'avez jamais entendu parler de ce truand ?

— Jamais, non. Je m'occupe surtout des affaires concernant les mineurs.

— C'est l'un des tueurs d'élite de la mafia. Sur la côte Est, il totalise une demi-douzaine d'inculpations pour meurtres mais il n'a jamais passé plus d'un mois en taule. Chaque fois, les *amici* ont payé sa caution et se sont arrangés pour le faire blanchir par l'intermédiaire de complices haut placés. Ça fait partie du système que vous croyez parfaitement honnête.

— Ne remuez pas le couteau dans la plaie, monsieur Bolan. Je sais bien que vous avez en partie raison, mais je me refuse à penser et à agir en marge de ce qui m'a été inculqué durant toutes mes années à l'université. Et j'ai prêté un serment dans ce sens.

— Croyez-en ce que vous voudrez, mais regardez la réalité en face, plutôt que de me faire un cours de morale.

D'un coup, le visage tendu de Diana Nicholson s'adoucit. Elle eut même un rire bref qui dévoila des dents éclatantes.

— Pardonnez-moi si je vous ai blessé.

— Vous n'avez rien fait de la sorte. Je trouve simplement inutile de s'étendre sur mon cas personnel.

— Je m'étais peut-être fait une opinion pas tout à fait juste de vous, je l'avoue. Je pense qu'en fait vous êtes beaucoup plus humain que je le croyais.

A son tour, il eut un petit rire.

— Vous me voyiez comment ? Comme un robot équipé d'un cerveau électronique et bardé de rayons laser ?

— Quand vous avez déboulé dans cette chambre, là-bas, avec tout cet attirail de guerre, j'ai cru pendant deux ou trois secondes que j'allais mourir. Votre visage était effrayant, on aurait dit que vous jaillissiez tout droit de l'enfer. Et il y avait tous ces coups de feu, cette odeur de poudre qui est entrée avec vous dans la pièce... Ensuite, j'ai compris qui vous étiez et je me suis souvenue de ce que j'avais entendu à votre sujet, que vous évitiez toujours de tirer sur les policiers et les civils. Alors je me suis dit que c'était peut-être ma seule chance de sortir vivante de cet endroit. En vous suivant. Mais je n'en menais pas large.

— Et maintenant ?

— Je compose avec ma conscience.

— J'espère que ce n'est pas trop douloureux, rétorqua-t-il d'un ton faussement contrarié. Et ensuite ? Après la rencontre avec Falconetti...

Elle lui lança un regard indéfinissable avant d'enchaîner :

— Ça, c'est relativement récent, un peu moins de quinze jours. Après mes déclarations aux médias — je pensais ainsi me protéger des pressions —, la situation a paru se normaliser. On m'a signifié qu'on allait mettre tout en œuvre pour que mon enquête aboutisse. J'ai pensé que les difficultés s'aplanissaient enfin, et de nouvelles feuilles d'interrogatoire sont arrivées sur mon bureau, sans aucune surcharge, celles-là. Et, avant-hier, Ronald Lipsky m'a demandé d'aller recueillir la déposition d'un témoin à Van Nuys.

— Qui est Ronald Lipsky ?

— Le procureur. Cette démarche n'est pas très conforme à la procédure, en principe c'est le témoin qui vient déposer au bureau de police, mais il m'avait été dit que celui-ci n'accepterait pas de s'y rendre par crainte de représailles. Je suis donc allée voir cette fille, une droguée de quatorze ans que j'ai rencontrée dans une maison plus ou moins à l'abandon. Elle était visiblement terrorisée. Je croyais être seule avec elle mais je me trompais. Trois hommes me sont tombés dessus et m'ont empoignée brutalement. L'un d'eux m'a fait une piqûre et j'ai perdu connaissance. Lorsque je suis revenue à moi, j'étais enfermée dans cette chambre, attachée à un lit avec des menottes. On m'avait dévêtue et je n'ai pas retrouvé mes vêtements. Quand vous êtes arrivé, cela faisait quarante-huit heures qu'ils me retenaient prisonnière. Ils ne m'ont pas tellement maltraitée, à part un grand Noir qui m'a frappée à la tête en ricanant. Ils m'ont surtout abreuvée de questions à tour de rôle et m'ont menacée de toutes sortes de sévices si je ne leur donnais pas les renseignements qu'ils voulaient. J'avais la conviction que si je leur cédais, ils me tueraient aussitôt.

— C'est ce qui se passe habituellement dans ce genre de confrontation, fit Bolan d'un ton neutre. Personne ne s'est inquiété de votre absence ?

— Ça s'est passé un vendredi soir et nous sommes dimanche.

— Lundi, à une heure près, rectifia-t-il en

regardant sa montre. Quand je disais personne, je pensais à quelqu'un de votre famille.

— Je vis seule et la famille qui me reste est une tante à Pasadena.

— Quel genre de questions vous posaient-ils ?

— De toutes sortes, mais j'ai compris qu'ils tenaient surtout à savoir si je travaillais en contact avec un agent du FBI à Washington.

— Ce n'est pas le cas ?

— Non, assura-t-elle après une légère hésitation.

Puis, comme pour éviter une autre question aussi directe :

— Et vous, qu'est-ce qui vous a amené à Los Angeles ?

— La même chose que vous, ou presque.

Elle parut réfléchir.

— Une certaine rumeur, au ministère de la justice, laisse entendre que vous...

Elle cherchait ses mots, visiblement mal à l'aise.

— ... auriez des contacts avec une personnalité officielle, à Washington.

— Tiens donc ! sourit-il.

— Une personnalité officielle, mais... Je veux dire que cela se ferait officieusement, bien sûr.

Bolan marqua un temps d'arrêt. Il eut une pensée pour son ami Harold Brognola, devenu maintenant le numéro Un du Justice Department. Les ragots allaient bon train malgré toutes les précautions dont les deux hommes entouraient leurs entrevues. C'était précisément Brognola qui avait conseillé à l'Exécuteur d'aller faire une petite virée du côté de la côte Ouest. En plus de l'habituelle corruption qui y régnait, il s'en dégageait l'odeur infecte d'un des plus sordides trafics du Crime Organisé.

Mais il était délicat d'avouer à ce juge en jupons que le criminel le plus recherché aux Etats-Unis maintenait régulièrement des relations avec le numéro Un de la Justice...

Le terrain devenait subitement brûlant.

CHAPITRE VI

« Des enfants disparaissent de tous les coins du pays, avait confié le super-flic fédéral à Bolan. Des gosses de la rue enlevés par des gangs spécialisés et dont certains ont été aperçus épisodiquement à Las Vegas, San Diego et Los Angeles. Ce trafic n'est pas seulement national, il s'étend à l'Europe où des filières ont été difficilement remontées jusqu'en France, en Allemagne, en Suisse et en Belgique. Mais il semble bien qu'il a débuté ici, dans notre pays. »

Il lui avait aussi fourni les noms de suspects contre lesquels le FBI ne pouvait officiellement retenir aucune charge. Mack Bolan se trouvait dans le Massachusetts, de retour du Rwanda, lorsque Brognola lui avait passé l'information. Il avait provisoirement laissé tomber son projet d'expédition contre les dealers de Miami pour s'envoler vers la côte Ouest, à bord du gros avion C-135 piloté par Jack Grimaldi et transportant son char de guerre.

Trois jours d'observation lui avaient permis de préparer son blitz contre une première cible à

Beverly Hills. Il n'en avait pas retiré d'information spectaculaire, mais il était à présent convaincu d'être tombé sur une plate-forme de l'odieux trafic.

Et ce qu'il venait d'entendre de la jolie bouche de Diana Nicholson confirmait le haut degré d'implication de « civils » dans la nouvelle saloperie mafieuse. Encore une fois, le cancer s'était incrusté en profondeur et ça n'allait pas être une mince tâche que de différencier les gens honnêtes des ordures installées parmi eux.

— Vous ne m'avez pas répondu, fit la jeune femme. Est-ce vrai ce qu'on raconte sur vous au sujet de Washington ?

Bolan éluda :

— J'ai besoin de noms, Diana.

— Ne comptez pas sur moi pour vous en fournir, je vous ai prévenu.

— Alors voyons les choses autrement. C'est moi qui vais vous mentionner ces noms. Que dites-vous de Nino Caldara, de Lazare Gozzoli et Joss Simonetti, pour ne citer que ceux-là...

Après une moue d'étonnement, elle déclara :

— En ce qui concerne Joss Simonetti, ce n'est un secret pour personne. Il contrôle la plupart des filières de stupéfiants à L.A. et une bonne partie des réseaux de prostitution.

— Vous oubliez les films porno et les jeux clandestins.

— C'est ce qu'on dit.

— Avez-vous recueilli des témoignages contre lui ?

— Pas un seul. Et on comprend évidemment pourquoi. Tout le monde a peur de lui, ce n'est pas une crainte irraisonnée.

— Et les autres ?

— Caldara est directement impliqué dans un décès par overdose de drogue. Ça s'est passé dans une de ses propriétés, la victime est une gamine de douze ans qui participait au tournage clandestin d'une séquence vidéo-porno. On appelle ça des films de charme !

L'Exécuteur avait des informations précises sur Nino Caldara. C'était un proxénète du Bronx qui avait tenté de flouer l'ancienne *Commissione* de la *Cosa Nostra*. Il n'avait dû son salut qu'à une fuite honteuse et s'était réfugié en Californie où il avait conclu une sorte de pacte avec Simonetti. En échange de la protection du gros Joss, il lui apportait la quasi-totalité de son ancien réseau.

— Vous l'avez inculpé ?

— Vous plaisantez ! Il y a plus de six témoins qui jurent qu'il participait ce jour-là à une réception pour une œuvre de bienfaisance. Tout ce que je peux espérer faire inculper, ce sont de petits poissons qui me permettront peut-être de remonter ensuite jusqu'aux gros. Je croyais avoir ferré une pièce importante, mais j'ai dû lâcher prise. Cela concernait la déposition relative à une personne haut placée, et qu'on ne voulait pas voir consignée au dossier.

— David Hollenberg ? laissa doucement tomber Bolan.

— Comment pouvez-vous être au courant de ça ?

— Je me suis informé sur le personnage.

Hollenberg était un sénateur de Californie et aussi un individu richissime. Quelques années plus tôt, un grand journal l'avait accusé d'entretenir des relations avec le Milieu de la côte Ouest et d'avoir favorisé plusieurs trafics clandestins. Les avocats de Hollenberg avaient fait un procès au journal qui avait été condamné pour diffamation et avait été obligé de lui verser deux millions de dollars en dommages-intérêts.

— Vous ne pouviez pas savoir officiellement qu'il y avait eu une déposition à son encontre, s'écria-t-elle. C'est une violation du secret de l'instruction !

— Je ne fais qu'une simple déduction. Mais soyez persuadée que les *mobsters* de la mafia, eux, sont très au courant de ce que contiennent vos dossiers.

Elle se reprit et soupira.

— Je ne crois pas que cela aille jusque-là, ce serait trop grave pour ce qui concerne l'ensemble de la police et de la magistrature.

— Vous êtes du genre naïf.

— Mais, bon sang ! Si c'était le cas, ces gangsters n'auraient pas eu besoin de me kidnapper pour me poser toutes ces questions.

— Vous l'avez dit vous-même, ils voulaient essentiellement savoir si vous étiez en relation avec les Fédéraux et si vous leur aviez communiqué des informations. D'évidence, c'était le seul élément dangereux pour eux. Ensuite, ils vous auraient liquidée et le dossier d'instruction serait passé entre les mains d'un pantin dont ils manipulent les ficelles.

Diana Nicholson resta silencieuse un assez long moment. Paupières baissées, elle semblait remuer des pensées contraignantes.

— Oubliez temporairement tout ce qui vous a été enseigné à l'université, lui conseilla-t-il. Vous êtes en face d'un contexte qui sort du cadre de toute législation. La vermine qui contrôle la situation est prête aux pires extrémités pour assurer la tranquillité de ses magouilles dégueulasses, et si vous tenez absolument à croire encore à l'intégrité de ceux qui sont chargés de faire respecter le droit, débrouillez-vous toute seule. De mon côté, je n'ai pas besoin de vous, votre crédulité vous rend inutile et dangereuse.

Après plusieurs secondes de réticence, elle le regarda droit dans les yeux et formula :

— Admettons que vous ayez raison. De quelle manière pensez-vous qu'il soit possible de clarifier cette situation... pour le moins paradoxale ?

— Il n'existe qu'une seule façon de traiter le problème.

— Oui, je vois, répliqua-t-elle avec un petit frémissement. Et vous êtes toujours aussi sûr de vous ? Vous ne craignez pas de vous tromper ?

— Je vous ai déjà répondu à ce sujet, répondit-il froidement.

Et il avait aussi besoin d'une réponse à une autre question qui lui encombrait l'esprit depuis quelques instants.

— La kitchenette est équipée d'une cafetière

électrique, dit-il en désignant un petit placard dans la cloison. Si vous en voulez, ne vous gênez pas, vous n'aurez qu'à appuyer sur le bouton.

— Qu'allez-vous faire ?

— Passer un coup de fil, tout simplement.

— D'ici ?

— Cet équipement mobile me permet bien plus que passer des appels téléphoniques, expliqua-t-il succinctement en ouvrant la porte de communication avec le module opérationnel.

Il s'y enferma et décrocha l'un des baladeurs de bord pour un appel à destination d'une résidence privée de Washington.

Bien qu'il fût 1 h 30 du matin, Harold Brognola décrocha très vite.

— Tu ne dormais pas ? lui demanda Bolan.

— Si, depuis une demi-heure, mais j'ai le sommeil léger depuis quelque temps.

— De nouveaux soucis ?

— Rien que des soucis. Où es-tu ?

— Sur place. Il faut que je sache si tu as un correspondant par ici.

— Tu veux parler d'un itinérant ou de quelqu'un de l'antenne locale ?

— Non. Ce serait plutôt un extra. Tu n'as pas eu tes informations sur un coup de baguette magique.

— Ah ! Je vois ce que tu veux dire. Est-ce indispensable ?

— Au point où j'en suis, oui.

— Bon, attends une seconde, faut que je branche un écran sur le fichier central.

— J'attends, Hal, fit Bolan qui alluma une cigarette pour patienter.

Il imagina Brognola en train d'allumer un ordinateur depuis son appartement et composer un code d'accès. Il n'eut pas longtemps à attendre. Le haut fonctionnaire fédéral annonça bientôt d'un ton prudent :

— J'ai ton renseignement, Striker, mais vas-y en douceur. Ce serait très ennuyeux que tu mettes notre contact en porte-à-faux.

— S'il s'agit bien de la même personne, ton contact est déjà plus que grillé.

— Qu'est-ce qui te fait croire ça ?

— Dis-moi d'abord de qui il s'agit. Des initiales suffiront.

— Bon. D.N., Delta November. Est-ce que ça concorde ?

— Pour moi, oui. En poste au J.D. de L.A. où il y a certaines embrouilles à tous niveaux. Ça colle de ton côté ?

— C'est bien ça.

— Quelle est sa position vis-à-vis de Washington ?

— Un extra, comme tu le penses. Elle a alerté le département 127 il y a maintenant un peu plus d'un mois, pour une affaire de falsification de documents. Il lui a d'abord été conseillé de se mettre en rapport avec la section d'arbitrage et d'enquêtes intérieures, mais elle nous a fait comprendre qu'il y avait les mêmes risques de ce côté-là. Alors nous avons écouté tout ce qu'elle avait à dire et nous avons joué le jeu. Sans pouvoir intervenir directement, le cadrage n'était pas fédéral, du moins au stade où en étaient les choses. Tu connais la suite.

— Ouais.

— Bien. Heu, si ça peut te rendre service... pour les contacts téléphoniques son nom de code est Perce-neige.

— Génial! rigola Bolan. C'est plutôt Bullit qu'il aurait fallu la surnommer.

— Ce n'est pas moi l'inventeur du bon mot, renvoya Brognola en riant à son tour.

— Tu l'as rencontrée?

— Non, c'est Franck qui l'a reçue, la suite s'est passée par téléphone.

Brognola parlait de Frank Vitali, un agent fédéral qui avait par le passé infiltré la mafia et qu'il avait fallu retirer in extremis du circuit dangereux.

— Quelle est son impression?

— D'après ce qu'il m'a confié, elle refuse de marcher sur autre chose que la ligne droite. A trente et un ans, elle mène une vie plus rigide que celle d'une bonne sœur.

— Ce n'est pas l'impression qu'elle m'a donnée.

— Elle te cause du tracas?

— Pas trop, non. Mais j'ai le sentiment qu'elle planque quelque chose qui n'est pas très clair.

— D'après ce qu'on sait d'elle, ce serait surprenant. Tu dis qu'il lui est arrivé quelque chose?

— Je viens de la rencontrer, elle était déjà dans la gueule des cannibales. Ils voulaient savoir si elle avait mis Washington dans le coup. Tu n'as eu aucun écho de ça de ton côté?

— Pas encore... Ouais, en effet, elle est plutôt grillée. On peut supposer qu'elle n'a pas fait suffisamment attention au téléphone.

— Je suppose qu'un coup de projecteur a été passé sur ses relations...

— Evidemment. Mais rien d'équivoque. Elle est divorcée depuis deux ans, vit seule et n'a pas de petit ami. Ça semble paradoxal, mais les seules personnes qu'elle côtoie sont des juristes et des officiers de police.

— Côté famille ?

— Son père et sa mère sont morts dans un accident de voiture quand elle avait dix-huit ans. Il ne lui reste qu'une vieille tante à Pasadena, médecin en retraite, et un grand-père de soixante-douze ans ; un ancien avocat renommé qui est aussi prof' en droit financier. Malgré son âge, il enseigne encore à l'université Fullerton. Il paraît que c'est l'un des meilleurs cerveaux en la matière.

— Tiens donc !

— Je dois ajouter que son parcours n'est pas totalement blanc-bleu. Lorsqu'il exerçait en tant qu'avocat, il a défendu bon nombre de grosses têtes du Syndicat et l'on pense que ces types étaient pour lui beaucoup plus que de simples clients. Il est bourré de fric, vit à Bel Air, et l'on sait qu'il a gardé des contacts avec certains pontes du Milieu. Mais ne fais pas de déduction hâtive, Striker. Sa petite-fille n'a plus de contacts avec lui depuis plusieurs années.

— C'est ce qu'elle a dit ?

— C'est ce qu'elle a dit et c'est ce qui a été

vérifié. Elle a refusé d'être couchée sur le testament du vieux Frank Nicholson. Ça s'est fait officiellement à travers un notaire.

— Peut-être que pour elle l'argent a une odeur.

— Sans doute. Et elle n'aime pas celle des *amici*.

— Donc, le grand-père pourrait faire partie des gros cannibales ?

— Ça me paraît évident, répondit Brognola. Et toi, où en es-tu ?

— J'ai commencé à dégager le terrain, et je vais devoir continuer très vite, si je ne veux pas que tout le système devienne subitement invisible. La racaille s'est complètement intégrée aux structures sociales. Ça donne l'impression que derrière chaque pion en vue se planque une vermine mafieuse. Et beaucoup de ces pions sont même complètement digérés.

— Tu me mets du baume au cœur ! ironisa Brognola.

— Je voudrais me tromper.

— Moi aussi, mais faut pas trop se faire d'illusions, hein ?

— Une dernière chose, Hal... Au sujet de David Hollenberg. Quelle est véritablement l'étendue de son pouvoir ?

— Ça va très loin. Il a toutes les relations dont un homme politique peut rêver.

— Même jusqu'à la Grande Maison ?

— Même jusque-là, oui. On pense également qu'un de ses amis, qui a lui-même été au sommet, trempe dans la soupe pourrie.

— Sur quel plan ?

— A titre privé. Il consomme ce qui se vend ou se loue très cher actuellement, si tu vois ce que je veux dire. Mais évidemment, les *amici* ne le font pas payer.

— Il paye sûrement d'une façon ou d'une autre.

— Bien sûr. L'ennui, c'est qu'on ne peut rien prouver formellement. Pas question non plus d'intervenir sur une simple dénonciation, il y a eu un précédent.

— Quelqu'un de son entourage a parlé ?

— Une de ses anciennes maîtresses, mais ses accusations ont été immédiatement démenties. Elle a été traînée dans la boue, accusée de calomnie et une commission de psychiatres a même conclu à une manifestation d'hystérie caractérisée. Bref, elle suit actuellement un traitement dans un établissement de psycho-thérapie. Autrement dit, elle est chez les fous.

— Je vois. Et le grand personnage en question est toujours blanc comme neige ?

— Exact. Il se la coule douce dans sa villa super-protégée de Santa Monica, où on l'approvisionne régulièrement en tout jeunes éphèbes. Charmant, non ?

— Faut s'y faire ! railla Bolan. Les temps changent, Hal. La morale aussi. Et quand l'exemple vient de tout en haut, qui oserait s'en plaindre ?

— Merde Il y a des moments où j'ai envie de cracher ma démission à la tête du gouvernement. Je me demande comment j'arrive à vivre avec ça !

— Tu n'y peux rien, mon vieux.

— C'est vrai, hélas ! Parfois, je t'envie. Toi, tu bouges, tu avances et tu obtiens des résultats. Moi je suis coincé à tous niveaux, pas seulement pour la mafia. Le terrorisme prend une drôle d'ampleur et le Président m'a branché en direct dessus. Terrorisme international, mais aussi local. Si tu savais le nombre de groupes de frapadingues qui croient travailler pour la gloire de la grande Amérique Blanche, pure et dure, en foutant des bombes comme à Oklahoma City. Un jour, devant un verre, il faudra que je te parle de ça...

— Mais moi aussi, j'ai parfois l'impression que je ne sers pas à grand-chose. A mesure que j'élimine les cloportes, ils renaissent de tous côtés.

— Au moins, tu retardes l'échéance.

— C'est ce qui me console. Bonne nuit, Hal.

— Tu parles ! Je ne risque plus de me rendormir. Je crois que je vais attraper une bouteille et me soûler la gueule.

— Tiens-la plutôt en réserve, nous la boirons ensemble quand j'aurai fini ici et tu me parleras de tes malheurs. Ciao.

Bolan écrasa la cigarette qui s'était consumée toute seule dans le cendrier et resta un moment songeur. La pourriture était ancrée encore plus profondément qu'il l'avait imaginé. Il eut un instant de découragement.

« J'ai parfois l'impression que je ne sers pas à grand-chose », venait-il de dire à son ami.

Ses mâchoires se serrèrent. Il refoula la lassitude morale qui tentait de prendre le dessus et ouvrit la porte de communication avec le module habitable. Il lui fallait maintenant trancher une situation ambiguë avant d'attaquer de front la toute-puissante racaille de Los Angeles.

CHAPITRE VII

Diana Nicholson feuilletait attentivement un livre qu'elle avait trouvé dans un placard. Bolan la considéra d'un œil amusé.

Levant les yeux à son approche, elle lui demanda sur un ton ambigu :

— Vous vous passionnez pour Don Quichotte ?

— En un certain sens, oui. Ce livre m'accompagne depuis des années.

— Que trouvez-vous de si intéressant dans cette lecture ?

— Est-ce un interrogatoire ?

— Non. J'aimerais seulement mieux vous comprendre.

— Il y a deux façons de lire Don Quichotte de la Manche. L'une, comme un conte drôlatique, où l'on considère le personnage comme fou. L'autre comme un conte philosophique. On découvre alors d'extraordinaires réflexions sur la valeur du combat et la morale qui s'y rapporte. Don Quichotte n'est pas fou, pas plus que ne l'était Cervantes. C'est un être de grande qualité, un stratège qui voue sa vie à la défense des opprimés, et pour qui la guerre est la raison de vivre.

— Qui est cette Cindy qui vous a fait cette tendre dédicace et qui a porté tant d'annotations sur ces pages ?

— Une personne qui m'était très proche.

— Vous l'aimiez ?

— Je l'aimais, oui. D'un amour qu'on peut porter normalement à une sœur.

— Ah ! Parce qu'il s'agit de votre sœur ?

— C'était ma sœur, en effet. Une fille qui aimait la vie, qui avait confiance en l'avenir et qui est morte à cause de la mafia.

— Oh ! Je... Pardonnez-moi, Mack. Je... j'ai entendu parler de ce qui est arrivé à votre famille, mais je n'avais pas fait le rapprochement[1].

— Aucune importance.

— Et c'est à cause de ce drame que vous poursuivez cette guerre sans fin ?

— Ça n'a plus grand-chose de personnel depuis bien longtemps. La haine n'est pas un mobile suffisant pour tout ce que j'ai fait. Au début, j'étais poussé par la haine, oui, je l'avoue. Mais plus maintenant. Je ne sais plus haïr, je ne déteste personne en particulier.

— Mais alors... Pourquoi poursuivez-vous cette sorte de croisade insensée ?

— Demandez plutôt aux mafiosi pourquoi ils continuent de voler, piller, escroquer, tuer, et souiller la société comme ils le font continuellement. Peut-être alors trouverez-vous une réponse.

1. *Guerre à la mafia*, L'Exécuteur N° 1.

— Peut-être, oui, fit-elle. Je... je n'ai pas encore une très grande expérience en matière de criminalité organisée. Mais je ne demande qu'à enrichir mes connaissances.

— Vous ne vous enrichirez d'aucune façon en étudiant les agissements de la mafia. Tout ce que vous découvrirez, ce sera l'abjection, l'ignominie et l'horreur. Et vous serez écœurée à un point que vous ne pouvez pas encore imaginer. Mais parlons d'autre chose, Perce-neige. Quelles sont vos actuelles relations avec Frank Nicholson ?

D'abord, elle resta de marbre, puis son regard se troubla et enfin son visage refléta l'indignation.

— Quoi ! Qu'est-ce que vous venez de dire ? Mais de quel droit vous renseignez-vous sur ma vie privée, espèce de... de...

— Je me renseigne sur tout ce qui peut concerner l'ennemi, miss Justice. Pourquoi m'avez-vous caché que vous avez une vieille fripouille de grand-père ?

— Je n'étais pas obligée de vous parler de ça ! s'insurgea-t-elle. Et puis, qui vous a parlé de cette histoire de perce-neige ?

— Le petit oiseau, sourit-il.

— Vous vous fichez de moi ?

Un instant après, sa fureur parut s'estomper et elle lui lança un regard direct.

— Bon, c'est bien ce que je pensais, vous collaborez avec le FBI, n'est-ce pas ? Vous avez au moins des relations avec quelqu'un là-bas, ne dites pas le contraire.

Il eut un petit ricanement.

— Je n'ai pas besoin d'avoir des contacts avec les Fédéraux pour obtenir ce genre de renseignements. Venez par ici.

Ouvrant la porte de communication avec le module opérationnel, il l'invita à passer devant lui, la prit par les épaules et l'amena gentiment au centre de la cabine constellée d'appareils complexes dont certains bourdonnaient doucement en émettant parfois de petites lueurs clignotantes.

— Qu'est-ce que représente tout ce bastringue ? s'étonna-t-elle. Ça ressemble à l'intérieur d'un engin spatial.

— Disons que c'est aussi bien équipé, répliqua-t-il. C'est un module terrestre absolument autonome, capable de communiquer avec le monde entier avec, en plus, de nombreuses autres fonctionnalités. D'ici, je peux me connecter sur n'importe quelle banque de données, il suffit de connaître le code d'accès.

— Même avec la banque de données du FBI ?

Il haussa doucement les épaules.

— Bien sûr.

— Qui vous a donné le code d'identification ?

— Aucune importance. Parlez-moi plutôt de votre grand-père.

— Pourquoi le ferais-je ?

— Parce qu'il bouffe dans la gamelle de la mafia.

— Ah, je vois ce qui vous fait dire ça ! Mais les contacts qu'il a eus avec ces gens datent de bien longtemps, et c'était normal. Un avocat ne défend pas que des gens honnêtes, vous savez. Moi aussi, je vois passer dans mon bureau des délinquants et ce n'est pas pour ça qu'on peut me reprocher quoi que ce soit.

— Il a toujours ces contacts pourris.

— Sûrement pas !

— Malheureusement, il n'y a pas d'erreur.

— Je ne vous crois pas.

— Alors, pourquoi avez-vous refusé d'hériter de lui par anticipation ?

— Ça aussi, vous savez !...

— Répondez, Diana. Je ne cherche pas à vous enfoncer, seulement à comprendre d'où proviennent vos ennuis. Pourquoi lui avez-vous jeté son testament à la tête ?

— C'était il y a deux ans. Il y avait pas mal d'années que je n'avais plus de relations avec mon grand-père.

— A cause de ses amis ?

— A cause de ça et d'autres choses aussi. Il avait des habitudes que je ne pouvais pas admettre.

— Comme par exemple la pédophilie ?

Elle soupira.

— Oui, je l'avoue. Ça me répugnait. A l'époque, j'ai failli le faire inculper pour détournement de mineurs, mais je ne suis pas allée jusqu'au bout. Après tout, il est mon grand-père. Il m'avait fait sauter sur ses genoux quand j'étais toute petite.

— Et depuis ?

— Je l'ai revu trois ou quatre fois. Il est vieux

et j'ai pensé que son vice lui était passé, que cela lui ferait plaisir de revoir sa petite-fille. Apparemment, il s'est complètement rangé. Il vit seul, à part une gouvernante et un chauffeur. Il était sincèrement heureux de cette rencontre, il en avait les larmes aux yeux.

— Quand avez-vous eu un contact avec lui pour la dernière fois ?

— Ça doit faire un peu moins de deux mois.

— C'est-à-dire peu de temps après les anomalies que vous avez découvertes dans les dossiers d'instruction...

— C'est ça, oui.

— En aviez-vous parlé à votre grand-père ?

— La situation n'étant plus du tout la même, je lui ai fait part de ce que j'avais constaté. Je lui ai demandé conseil à ce sujet. Vous savez, indépendamment de tout, c'est un grand juriste. Il est même encore demandé en tant que professeur d'université.

— Et que vous a-t-il conseillé ?

— D'après lui, j'étais dans une position délicate et il ne fallait pas manipuler à la légère les éléments en ma possession. En raison de personnalités en cause. Il est revenu de lui-même sur le sujet de la pédophilie qui le concernait personnellement, m'a dit que tout était fini de ce côté, que c'était une maladie psychologique consécutive à des angoisses non libérées, et qu'il s'était fait soigner. Il m'a même demandé pardon pour ce que j'avais souffert de cette situation. Et puis... Il m'a assuré qu'il allait tenter de faire jouer de hautes relations pour qu'on cesse de m'inquiéter.

— A votre place, fit Bolan, c'est à ce moment là que j'aurais commencé à m'inquiéter encore plus.

Elle le considéra d'un air dubitatif.

— Vous voyez donc le mal partout ?

— Votre gentil grand-père était tout simplement en train de vous dire à mots couverts qu'il fallait lâcher le morceau, Diana. Vous n'aviez pas compris ?

— C'est une interprétation qui vous est propre.

— Et c'est aussi à partir de là que les choses ont empiré pour vous, jusqu'à ce que vous vous retrouviez entre les pattes des *amici*.

— Vous ne prétendez quand même pas qu'il aurait quelque chose à voir avec ça !

— Je ne prétends rien, j'analyse des faits. Est-ce qu'il connaît personnellement le procureur Ronald Lipsky ?

— Vous savez, dans le milieu de la magistrature et des juristes, tout le monde se connaît plus ou moins.

— Soyez plus précise.

— Oui, il le connaît personnellement, admit-elle après une courte hésitation.

— Et David Hollenberg, le sénateur ?

— Qu'est-ce que Hollenberg pourrait avoir à...

— Répondez.

— Eh bien... Je l'ai vu chez lui à Bel Air. C'était la dernière fois que je m'y suis rendue.

Bolan laissa passer quelques secondes et soupira.

— O.K. Nous avons fait le tour, dit-il en quittant le module opérationnel pour se rendre dans le réduit où il stockait son armement.

Elle le suivit, l'observa tandis qu'il choisissait soigneusement divers outils de guerre, et lui demanda d'un ton où perçait l'angoisse :

— Qu'allez-vous faire ?

— Une petite promenade au clair de lune, rétorqua-t-il tout en se demandant ce qu'il allait pouvoir faire de ce juge en jupons aux yeux si candides et à l'entêtement si prononcé.

CHAPITRE VIII

Il n'envisageait pas de la laisser seule dans le mobil-home, bien sûr. La reconduisant dans le module habitable, il s'enquit :

— Avez-vous un endroit où vous pourriez passer la nuit, un endroit tranquille, chez une amie par exemple ?

Elle hocha la tête.

— Non. Il n'y a que mon appartement à Monterey Park.

— C'est le plus mauvais choix. Je vais vous déposer dans un hôtel où vous pourrez dormir tranquille. Il ne sera pas question d'en bouger tant que je ne vous aurai pas donné le signal, ni de vous servir du téléphone. Et surtout, la dernière chose à faire est de contacter votre bien-aimé grand-père.

— Vous le croyez donc vraiment coupable d'actes aussi moches ?

— Il est évident qu'il fait partie intégrante du cancer, Diana. Il s'est laissé phagocyter depuis longtemps et maintenant il collabore de plain-pied. Ce n'est pas la première fois qu'un politicard ou un homme de loi s'associe avec les *amici* pour assouvir sa soif d'ambition.

Elle eut un regard vers son verre de scotch, le prit tout en commentant :

— Je crois que je vais enfreindre la règle, comme vous dites. Ça me donnera un peu de courage pour continuer. Voulez-vous entendre la suite ?

— Si ça vous fait du bien, crevez l'abcès, mais ne traînez pas.

— Vous voulez vraiment que j'aille jusqu'au bout ?

— Vous avez trois minutes, pas plus.

— Merci pour la largesse ! D'accord ! Mais bouchez-vous le nez, l'odeur est infecte... C'est vrai, je ne vous ai pas livré le vrai fond de ma pensée depuis que nous discutons. Oui, malgré tout ce que j'ai pu vous dire, je pense que Frank n'a pas les mains propres dans cette affaire. Je me suis volontairement trompée, bernée pour éviter de voir la vérité en face. Ça vous choque, qu'une femme juge d'instruction en arrive là ? Il y a des fibres familiales qu'on ne peut jamais couper complètement. Alors on se raccroche à l'espoir qu'on se trompe dans ses déductions, que... Je me suis même dit que mon raisonnement était déformé par la pratique de mon métier, que je bâtissais mentalement une théorie complètement dingue.

— Nul n'est parfait, ironisa-t-il.

— Laissez-moi faire des aveux complets, monsieur Bolan. Voilà environ une semaine, je suis retournée à Bel Air pour essayer de me faire une opinion définitive. Frank Nicholson était absent pour quarante-huit heures, un congrès à New York d'après ce que m'a dit la gouvernante. Elle était seule dans la grande maison, le chauffeur était parti avec son maître... Bon, je l'ai baratinée et elle m'a laissée monter dans le bureau de Frank où je me suis livrée à une petite fouille. Je sais que ce n'est pas très beau pour un fonctionnaire de la Justice, mais je voulais en avoir le cœur net.

Après une gorgée d'alcool, elle poursuivit :

— Pour commencer, j'ai trouvé une douzaine de vidéo-cassettes sur un rayonnage de sa bibliothèque, déguisées en livres à couvertures de cuir. C'était ce que je cherchais. J'en ai passé une sur son téléviseur. Devinez de quoi il retournait !

— Du porno ?

— Du plus infect porno qui soit, impliquant des enfants dont certains n'ont même pas dix ans ! Du hard ! Si vous aviez vu cette saloperie !... Comment des êtres humains peuvent-ils en arriver là, dites-le-moi ?

— Le fric et le vice. Rien de surprenant.

— C'est vous qui le dites. J'ai continué à fouiller. Dans les tiroirs de son bureau, j'ai découvert des documents édifiants concernant ces réseaux ignobles, des numéros de téléphone, des adresses, et aussi un carnet où étaient mentionnés des noms dont certains figuraient sur mes dépositions de témoins. Evidemment, il ne s'attendait pas à ce que quelqu'un entre dans son bureau pendant son absence. Dans l'allée qui borde sa propriété, il y a toujours une voiture de surveillance occupée par deux hommes armés. Il m'avait dit que c'étaient des policiers qui lui avaient été commis par la préfecture, eu égard à son ancienne fonction. C'est possible, à moins qu'il s'agisse de truands, je n'ai pas pu vérifier. Si je n'avais pas porté le nom de Nicholson, je n'aurais eu aucune chance d'entrer comme ça dans la maison. Je...

— Qu'avez-vous fait de votre découverte ? coupa Bolan.

— J'ai placé le carnet et quatre cassettes dans un attaché-case et je les ai emportés. Je ne savais pas jusqu'à quel point je pouvais faire confiance au FBI, si ces réseaux pourris n'allaient pas jusque là-bas. Et j'ai finalement décidé de remettre ces documents à une personne dont l'honnêteté ne peut pas être mise en doute. En dépôt, dans l'attente de pouvoir exploiter tout ça un jour.

L'Exécuteur eut un regard navré pour la fille qui, à présent, fixait son verre vide d'un œil flou, et demanda :

— Qui est cette personne honnête ?

Les yeux de Diana étaient embués, mais ça n'avait rien à voir avec l'alcool qu'elle avait absorbé. Elle soutint un moment son regard, comme pour décider si elle devait aller jusqu'au bout, et jeta :

— Bryan Shepard. C'est un ancien juge.

— Il est à la retraite ?

— Non. Il est invalide depuis huit mois. Il n'est plus en mesure d'exercer, mais il continue à recueillir des informations sur le Crime Organisé. Il travaille en accord avec un policier intègre du LAPD.

— Que lui est-il arrivé ?

— Un soir où il rentrait chez lui, quatre voyous l'ont agressé sur un parking, l'ont roué de coups et l'ont laissé pour mort. Il s'occupait alors d'une affaire de racket. Il avait reçu plusieurs fois des menaces dont il n'avait pas voulu tenir compte. Voulez-vous aussi que je vous indique son adresse ?

— Ne vous arrêtez pas en si bon chemin.

— Il vit dans un pavillon à Baldwin Park, 153 Rivergrade Arrow. Les seules visites qu'il reçoit sont celles d'une assistante sociale, et la mienne de temps en temps.

Bolan avait fini de s'équiper. Pour ce qu'il projetait, il n'avait pas besoin d'artillerie lourde. En plus de son Beretta, il portait une dague de combat dans un étui lacé sur son avant-bras, deux garrots de Nylon, et avait placé plusieurs chargeurs de 9 mm dans les poches de sa combinaison. En cas de besoin, il pourrait toujours avoir recours à un petit pistolet-mitrailleur micro-Uzi planqué sous le siège de la Porsche.

Enfilant de nouveau son trench-coat, il fit sortir la jeune femme et la guida dans l'obscurité jusqu'à la voiture de sport.

Il rejoignit le Los Angeles Crest Highway, roula à assez vive allure jusqu'à La Canada Flintrige et s'engagea dans Glendale où il n'eut pas de mal à trouver un motel.

Après avoir payé une nuit d'avance au gardien de l'établissement, il conduisit la jeune femme jusqu'à sa chambre. Lui mettant deux billets de cent dollars dans la main, il lui dit :

— Pour le cas où je ne pourrais pas revenir.

— Faites attention à vous, Mack, répliqua-t-elle avec inquiétude.

— Je ne crains plus grand-chose, je suis mort il y a déjà bien longtemps.

— Ne dites pas ça.

— Pourquoi ? Les *amici* ne pensent à moi que comme un cadavre, et pour les autres je suis un criminel qui n'a plus sa place dans la société.

— Pour moi, vous êtes quelqu'un de bien vivant. Détrompez-vous, beaucoup de gens ne vous voient pas comme un criminel mais comme quelqu'un en qui ils fondent leurs derniers espoirs.

— Ce n'est pas ce que vous disiez tout à l'heure.

Elle lui adressa une petite grimace.

— Vous ne pensiez tout de même pas que j'allais me rendre à vos idées de macho sans lutter. Finalement, j'ai appris beaucoup de choses, cette nuit. Je n'ai plus du tout envie de vous faire la morale. Et je voudrais vous dire... Je...

— Essayez de dormir, lui conseilla-t-il. Je reviendrai dès que possible.

— Dormir ne va pas être facile. Dites... Au sujet de mon grand père...

— Oui ?

— Je sais que c'est une crapule et maintenant l'un de mes plus grands souhaits est de le voir aller en prison. Pour tout le mal qu'il a fait autour de lui. Mais ne le tuez pas. Cette ordure est malgré tout mon grand-père.

— Je ne vous promets rien.

— S'il vous plaît...

— Je verrai ça. Tout dépendra peut-être de sa réaction.

Se hissant sur la pointe des pieds, elle lui déposa un baiser furtif au coin des lèvres, lui jeta un regard bouleversé et s'enferma dans la chambre. Bolan entendit le claquement du verrou.

Une minute plus tard, il conduisait la Porsche en direction d'Alhambra, s'efforçant de se concentrer sur les éléments d'information qu'il possédait à présent.

Mais le joli visage plein de détresse de Diana Nicholson restait en surimpression dans son esprit. Elle était à la fois une femme à la droiture indéniable et un vivant paradoxe. Elle s'était tout d'abord dressée contre lui, puis lui avait menti, et ensuite elle avait tenté de déguiser la vérité, pour finalement lui avouer qu'elle savait exactement où était la gangrène. Tout cela avec l'accent d'une sincérité inébranlable.

Ouais, un sacré paradoxe ! Mais après tout, n'était-ce pas le propre des femmes, de préserver par-dessus tout l'idée du bonheur ? Même si au fond d'elles-mêmes elles savent que la vérité est toute autre, qu'elles soient épouses, mères de famille, ou juges.

Quant à son grand-père... Non, vraiment, Frank Nicholson n'avait rien du bon grand-papa dont

Diana s'était efforcée de garder l'image. Et s'il avait eu des larmes aux yeux en faisant une soi-disant confession à sa petite-fille, il ne s'agissait bien sûr que de larmes de crocodile.

Bolan était pratiquement certain que c'était lui qui avait commandité le rapt de Diana. Il était beaucoup trop impliqué dans les ignobles magouilles mafieuses pour courir le risque de la laisser aller au bout de son enquête.

Le vrai visage de Frank Nicholson était celui de l'ignominie et de l'abjection. Une vieille crapule qui avait souillé tout ce qu'elle approchait durant sa vie entière.

L'Exécuteur n'avait pas menti en disant à Diana que le sort de Nicholson dépendrait de sa réaction. Il ne savait pas encore s'il allait devoir liquider la vieille ordure ou le placer dans les projecteurs de la justice afin qu'il paye légalement ses crimes.

En attendant de statuer sur son sort, il lui fallait s'attaquer en premier lieu à celui qui tirait les ficelles infâmes en Californie. Il l'avait déjà localisé et identifié, il ne restait qu'à l'envoyer proprement en enfer.

CHAPITRE IX

Joss Simonetti était furax parce qu'on l'avait tiré du sommeil à 3 heures du matin. Son premier garde du corps, un jeune type au visage en lame de couteau et aux lèvres cruelles, était venu le secouer dans son lit pour lui annoncer qu'un drame était survenu à Beverly Hills et qu'on voulait lui parler de toute urgence.

Il avait pris l'appel dans sa chambre, s'empêtrant d'abord dans le fil téléphonique, jurant et sacrant, puis il avait aboyé un « allô » enroué.

— Joss ? avait prononcé une voix grave et prudente.

— Ouais, qui est-ce ?

— Jeff. Il faut qu'on se voie et qu'on prenne des mesures le plus rapidement possible.

— Jeff qui ?

— Jeff de Manhattan. Ça m'ennuierait d'en dire trop au téléphone, ce serait pas prudent.

Il avait entendu parler d'un Jeff de Manhattan comme d'un pion important qui assurait la liaison avec la côte Est pour les livraisons de fraîche. Il ne l'avait jamais vu, le type restait continuellement dans l'ombre, mais il avait entendu plusieurs fois mentionner son nom.

— Ah oui !... Je vois. Bon, qu'est-ce qu'il y a, Jeff, pourquoi tu me réveilles à cette heure de la nuit ?

— Il y a eu du grabuge, Joss. Plus de vingt hommes se sont fait étendre cette nuit à Beverly Hills. Je pensais que tu étais déjà au courant.

— Hein ? Qu'est-ce que tu dis ?

— Rien que la vérité, hélas ! C'est une sacrée saloperie qui s'est produite.

— Attends un peu... Qui s'est fait étendre ?

— Tout le staff de... enfin, tu dois bien savoir de quoi et de qui il s'agit, Joss ! Je peux pas t'en dire plus dans ce téléphone, la ville est pleine d'écoutes.

— Ouais... Heu, dis-moi, pourquoi est-ce que c'est toi qui m'annonces cette sale nouvelle ?

— Tout bêtement parce que ceux qui auraient pu le faire n'existent plus. Et Buck s'est fait ramasser par les poulets avec son équipe quand il s'est ramené en renfort.

— Tu veux parler de la Bête de...

— Oui. On les passe tous en ce moment à la moulinette. Bon Dieu ! Comprends qu'on est dans la merde et qu'il va falloir réagir au pied levé si on veut limiter la casse. Pense aussi à la livraison de demain...

— Ouais, ouais... Où es-tu, Jeff ?

— En ville. Je peux être chez toi dans un quart d'heure.

— Heu... O.K ! Rapplique en vitesse. Et dis-moi... on s'est jamais vus, à quoi tu ressembles ?

— T'inquiète pas, je me ferai reconnaître. Arrange-toi pour que tes gars me foutent la paix quand j'arriverai.

— Je t'attends ! cracha Simonetti en raccrochant.

Il poussa un énorme soupir, décolla son corps d'obèse du lit et rafla un peignoir qu'il enfila rageusement. Puis il quitta sa chambre à coucher en claquant la porte. Son garde du corps se tenait en attente dans le couloir.

— C'est vraiment si grave, monsieur Joss ? questionna le jeune mafioso.

— Je sais pas encore, grogna Simonetti. J'vais d'abord vérifier cette connerie. Toi, réveille Vick et Matty et qu'ils se tiennent prêts. Vérifie aussi que les deux autres en bas sont pas en train de pioncer dans le jardin.

L'autre acquiesça et s'éclipsa. S'enfermant dans un grand bureau aux murs lambrissés, Simonetti s'empara d'un calepin qu'il feuilleta. Dès qu'il eut trouvé le numéro qu'il cherchait, il décrocha un téléphone et lança un appel en ville.

— C'est toi, Casey ?

Une voix ensommeillée lui répondit :

— Oui, qui le demande ?

— Joss. Je veux que tu te renseignes tout de suite au sujet d'une saloperie qui se serait passée dans mon immeuble de Beverly.

— Quelque chose se serait passé là-bas ?

— Putain ! Réveille-toi, merde ! T'as entendu ce que je t'ai dit ?

— Euh, oui... Mais quel genre de...

— Renseigne-toi, nom de Dieu ! Pourquoi est-ce que tu crois que je te paie ?

— Hé, vous énervez pas, Joss. Y a pas le feu, à ce que...

— Ta gueule, sale petit con ! T'es qu'un flic de merde qui touche les enveloppes que je lui file, mets-toi bien ça dans la tronche et fais tout de suite ce que je te dis. T'as pigé ? Va aux nouvelles et tâche de te magner le cul ! Je veux que tu me rappelles dans moins de cinq minutes.

Le combiné claqua brutalement. La face empourprée, le chef mafioso leva d'un coup son énorme masse et se mit à cracher une bordée d'insultes. Piochant ensuite un gros cigare dans un coffret en or ciselé, il actionna hargneusement un briquet qui refusa de fonctionner et se mit à hurler :

— Douglas !

Le garde du corps n'était pas loin. Il rappliqua en moins de cinq secondes et regarda son patron avec inquiétude.

— Oui, m'sieur.

— Tout va bien ?

— Rien d'anormal.

— T'as du feu ?

— J'ai mon soufflant, oui.

— C'est pas ça que je te demande, je sais bien que tu couches avec ton calibre, grasseilla Joss. Tu peux même te le mettre dans le cul, j'en ai rien à branler.

— Oui, m'sieur Joss, répliqua l'autre avec soumission.

Simonetti lui montra le Havane qu'il tenait entre ses doigts boudinés et grogna :

— T'as un briquet ou des allumettes ?

Il savait que Douglas Salicetti ne fumait pas et s'apprêtait déjà à l'engueuler pour n'avoir pas même une allumette. Mais une flamme jaillit soudain de la main du petit tueur, s'approcha de la face porcine de Joss qui suça avidement le cigare et lâcha ensuite un minuscule filet de fumée.

Le briquet se referma en claquant et Salicetti s'immobilisa dans une sorte de garde-à-vous rigide.

— Comment ça se passe dans la maison ?

— Bien. J'ai réveillé Vick et Matty comme vous me l'avez demandé. Ils se tiennent prêts.

— T'es un mec bien, Doug. Tu peux descendre, maintenant. Tu t'occuperas de recevoir ce type qui va se pointer et tu me l'amèneras ici. Il s'appelle Jeff.

Après un mouvement de la tête, le garde du corps disparut silencieusement et Joss commença à décrire des ronds dans le bureau. Il en était au cinquième quand la sonnerie du téléphone carillonna.

— Ouais ! lança-t-il nerveusement.

— C'est Casey. Je viens d'avoir le central, il y a eu en effet une hécatombe dans votre immeuble de Beverly Hills. Une tuerie ahurissante, comme si tout un commando avait débarqué là-bas pour liquider tout le monde. Paraît qu'on n'a encore jamais vu ça.

Un silence s'établit durant lequel le mafioso sentit un froid glacial envahir son corps énorme.

— Est-ce qu'on a une idée sur ceux qui ont fait ça ?

— Trop tôt pour se faire une opinion précise, rétorqua le flic marron au bout du fil. Mais d'après moi, ça ressemble vachement à un règlement de comptes. C'est pire que la Saint Barthélémy.

— On m'a dit que Buck et ses hommes sont en ce moment en train d'être interrogés...

— Exact. Mais je pense qu'ils s'en tireront sans mal. Ils avaient sûrement des papiers en règle pour ce qu'ils trimballaient sur eux.

— Ouais, ils sont clairs de ce côté.

— Alors vous faites pas de soucis pour eux. Ecoutez, Joss, je vais décarrer d'ici pour aller me rencarder un peu mieux, le téléphone c'est pas prudent.

— Tiens-moi au courant, hein ?

— Comptez sur moi, Joss. Et... Etes-vous sûr qu'on ne peut pas remonter jusqu'à vous ? Cet immeuble vous appartient, je crois ?

— Te casse pas pour ça, j'ai tous les paravents qu'il faut.

Joss raccrocha, ferma les yeux, puis se massa doucement les paupières, comme pour effacer une vision cauchemardesque. Quand il les rouvrit, il entendit une voix qui lui sembla sortir d'un caveau funéraire :

— Tu n'as pas cru ce que je t'ai dit, Joss ?

Il sursauta violemment, faisant trembler son double menton, se retourna et regarda avec incrédulité dans la direction d'où était venue la voix.

Un type de très grande taille vêtu d'un imperméable fermé jusqu'en haut se tenait nonchalamment appuyé contre le dossier d'un fauteuil de cuir, près de la porte-fenêtre dont un battant était entrebâillé.

Le premier réflexe du mafioso fut d'ouvrir un tiroir de son bureau pour s'emparer d'un revolver, mais quelque chose l'en empêcha. Peut-être était-ce la froide nonchalance du visiteur ou bien la peur d'être ridicule.

Le type n'avait fait aucun mouvement depuis que Simonetti avait posé ses yeux sur lui.

— Qui... qui êtes-vous ? Qu'est-ce que vous foutez ici ?

— Je t'ai téléphoné tout à l'heure, tu ne te souviens pas ?

— Jeff ? Vous êtes Jeff ?

Le mafioso avait du mal à articuler. Il ne s'était pas imaginé ce Jeff de Manhattan aussi impressionnant. Il avait l'air d'un fauve en train de guetter tranquillement une proie. Après tout, c'était sans doute un ponte de la *Commissione* comme il en apparaissait de temps en temps dans les cas graves.

Comme le visiteur ne répondait pas, il questionna encore :

— Pourquoi n'êtes-vous pas entré par la porte ?

— Je ne cherche pas la publicité, fit la voix de glace.

— Bon, ça je peux le comprendre, fit Simonetti en essayant de se composer un ton aimable. Vous vouliez que nous parlions de mesures à prendre, je crois... Après ce qui s'est passé là-bas, bien sûr...

— Je voudrais surtout que tu me dises pourquoi ça s'est passé.

Il avait envie de dire à ce mec d'ôter son sale cul de chez lui et d'aller se faire foutre, mais une trouille subite le retint. Il avait compris ce que signifiait la question qui venait de lui être posée. Il le comprenait brutalement, ce gus était un tueur, c'était certain. Ça se dégageait de lui comme une odeur de mort. Et s'il lui avait posé cette question, c'était évidemment parce que quelqu'un le soupçonnait d'être responsable de l'affreuse chose qui s'était produite. Mais comment pouvait-on le soupçonner, lui, Joss, alors qu'il avait tout à gagner dans les opérations en cours ? Bon Dieu, pourquoi est-ce qu'on venait lui chercher des crosses ? Evidemment, il n'avait pas toujours mentionné le montant exact des bénéfices et il avait parfois gonflé les investissements. Mais il ne comprenait pas de quelle façon ça aurait pu se savoir.

Peut-être quelqu'un avait-il fait un rapprochement entre les événements de la nuit et le rôle de Joss dans le business en cours. Un rôle, quoi qu'il en soit, il allait sans aucun doute devoir en jouer un devant ce sale con s'il voulait s'en tirer indemne.

D'un ton qu'il voulait enjoué, il dit :

— Qu'est-ce que je peux faire pour vous ?

— Tu n'as pas très bien compris, on dirait.

— Ecoutez, je crois qu'il y a une erreur quelque part, Jeff...

— Appelle tes gorilles, renvoya le visiteur en allumant posément une cigarette.

Ce simple geste rassura quelque peu Joss, mais la demande lui sembla complètement absurde.

— Vous voulez... que je leur demande de venir ici, dans mon bureau ?

— Tu m'as bien entendu.

— Je ne comprends pas...

— Cherche pas à comprendre, assura la voix sibérienne. C'est une simple formalité pour te prouver quelque chose.

— Tous ?

L'autre hocha simplement la tête.

En définitive, Joss trouva que c'était mieux ainsi. Il se sentirait plus à l'aise en présence de ses gardes du corps.

Appuyant sur la touche d'un Interphone, il ordonna :

— Douglas ! Ramène-toi tout de suite avec les deux autres. Relax, hein !

Bientôt, des pas étouffés par la moquette se firent entendre de l'autre côté de la porte contre laquelle on frappa deux coups.

— Entrez, entrez donc !

Deux armoires à glaces firent leur apparition. Ils s'étaient hâtivement habillés et l'un d'eux avait un pan de chemise qui dépassait de son pantalon. Ils fixèrent d'abord leur patron avant de jeter des regards suspicieux sur le visiteur.

— Et Douglas ? fit Joss.

— Il est sorti dans le jardin, répondit l'un des deux gorilles. Ça fait déjà un moment.

— Dans le jardin ?

— Il nous a dit que vous attendiez de la visite.

Le bouche lippue du boss se contracta et il se dit que Douglas était un con. N'importe quel fumier aurait pu entrer chez lui sans qu'il s'en aperçoive.

— Voilà, fit-il d'une voix raffermie en se tournant vers la porte-fenêtre. Qu'est-ce que vous vouliez me prouver, Jeff ?

Le grand homme toujours immobile avait un sourire vaguement ironique sur les lèvres. Fixant durement les deux hommes de main, il lâcha :

— Tu es décevant, Joss. Tes porte-flingues sont des chiffes molles.

Les deux molosses n'eurent aucune réaction apparente mais on les sentait tendus.

— Je crois que vous vous gourez, se défendit le mafieux qui eut la sensation soudaine d'une main glacée lui étreignant la nuque.

Qu'est-ce que ce grand salaud voulait lui dire, bon Dieu ? Pourquoi est-ce qu'il cherchait à l'humilier ainsi, en traitant ses hommes de chiffes molles ?

Il chercha à adopter une contenance, à trouver une réplique appropriée pour le remettre à sa place sans toutefois envenimer la situation, mais subitement l'horreur se déclencha sous les yeux de Joss. Il venait d'y avoir un mouvement rapide et coulé de la part de l'inconnu. Comme par magie, un calibre noir était apparu dans sa pogne et deux petits éternuements se firent entendre, presque confondus.

Les yeux exorbités, le boss vit la mâchoire de l'un des sbires se disloquer, son regard chavirer tandis que son corps se tassait sur lui-même. Dans le même instant, son copain émit un bruit bizarre, le front agrémenté d'un trou bien rond et bien sanguinolent par où s'échappa un peu de cervelle et de sang.

Puis il y eut le bruit d'une double chute atténuée par l'épaisse moquette du bureau.

Figé sur place, incapable de la moindre réaction, Joss contemplait l'horrible spectacle. Un élancement douloureux lui contracta l'estomac et il sentit ses jambes fléchir sous son énorme masse. Putain ! Ce n'était pas vrai ! Ça ne pouvait pas être autre chose qu'un cauchemar, une connerie de rêve merdique.

Tout ça allait se dissiper, partir en fumée, et il allait se réveiller dans ses draps de satin, boire un coup et aller pisser pour se remettre les idées en place.

Mais le cauchemar persistait. Dans le silence sépulcral qui régnait maintenant dans la pièce, Joss entendait le bruit que faisait le sang de Matty en s'échappant par l'horrible blessure de sa mâchoire.

CHAPITRE X

Les oreilles bourdonnantes, Joss Simonetti n'arrivait pas à détacher son regard de la scène affreuse. Quelque chose lui tordait les tripes. Clignant plusieurs fois des yeux, il sentit la sueur lui dégouliner sur le front et les joues, tomber en grosses gouttes de son menton.

D'un revers de la main il voulut s'essuyer, sentit quelque chose de chaud et visqueux et poussa un couinement aigu en fixant ses doigts boudinés rougis de sang. Il n'avait pourtant pas la sensation d'être blessé. Non, la matière poisseuse et chaude accrochée sur le côté de son visage ne lui appartenait pas, ne pouvait pas lui appartenir. D'ailleurs, il y avait d'autres souillures morbides sur son peignoir et devant lui sur la moquette, ainsi qu'un morceau de la mâchoire de Matty. Et l'inconnu, à présent, avançait vers lui comme un cauchemar vivant, son flingue prolongé par un gros silencieux braqué comme un serpent.

Les jambes de Joss eurent une faiblesse, lâchèrent d'un coup et il se retrouva à genoux par terre. Puis il eut la sensation d'un canon encore tout chaud qui s'appuyait sur son front. Alors, du fin fond de sa trouille, il s'entendit implorer miséricorde. C'était comme si sa propre voix sortait d'un tunnel, suppliante, misérable.

Mais le salaud ne paraissait pas entendre, le fixait comme on observe un insecte.

— Mais... Mais pour... pourquoi ? bégaya le mafioso. Pourquoi ?

— Pour que tu sois bien persuadé que tu n'as aucune chance, lui répondit froidement Bolan. Pour que tu saches que ta peau de merde ne vaut plus un clou. Tu n'es qu'un foireux, Joss. Tu es aussi la pire des ordures. Mais je vais quand même te laisser une toute petite chance de vivre encore un peu. Tu piges ?

— Oui, oui... Tout ce que vous voudrez, gémit le boss de Los Angeles. Me flinguez pas, je ferai tout ce que vous me demanderez !

— Réfléchis d'abord à la manière dont tu vas me répondre, dit encore Bolan. Au premier mensonge, ta cervelle ira éclabousser les murs. Et dis-toi que je saurai exactement quand tu mentiras. O.K ?

— O.K., ouais... Y aura pas de cactus, j'vous le jure.

— Tu sais qui je suis ?

— J'crois, oui. Vous n'êtes pas Jeff, en tout cas.

— Non.

— C'est... c'est Bolan, hein ?

— T'as trouvé.

Joss Simonetti battit frénétiquement des paupières. Puis il s'efforça de maîtriser la trouille ignoble qui lui fouaillait les entrailles.

— Tu sais pourquoi je suis ici ?

— Non... non... Mais je vous écoute.

— Tu fais bien. Et n'attends aucun secours des autres, je les ai éliminés. Tes gars dans le jardin ne m'ont posé aucun problème.

— Et... Doug... Douglas ? bredouilla l'obèse.

— Lui aussi y est passé. Maintenant, réponds. Qui a lancé la combine avec les gosses ?

— Quoi ! éructa Joss. C'est pour ça que vous êtes ici ?

Le silencieux du Beretta s'incrusta un peu plus dans la tempe molle.

— Je t'ai posé une question.

— C'est pas ce que vous croyez, Bolan... Je ne suis que le relais local, y a de très grosses têtes qui dirigent tout le système.

— Où et qui ?

— Partout dans le pays. Ici, c'est seulement un centre de dispatching, vous savez.

— Tu gaspilles tes chances.

— Mais je peux pas vous dire où, puisque ça se passe pratiquement dans toutes les villes importantes. New York, d'abord. C'est de là-bas que viennent les directives. Il y a aussi Chicago, Miami, Detroit... Vous voyez, c'est trop dispersé pour qu'on puisse être précis.

— Qui dirige au sommet ?

— Je sais pas exactement, peut-être la *Commissione*.

— Tu sais bien qu'il n'y a plus de *Commissione*.

— Mais y a un conseil qui règle les affaires entre les Etats.

Bolan ne l'ignorait pas. Il avait d'ailleurs été récemment confronté sur la côte Est avec cette nouvelle « *Commissione* » dont les principaux membres étaient pour moitié des ressortissants de la mafia juive qui avaient fait alliance avec les Italo-Américains de la vieille *Cosa Nostra*. Simonetti n'était pas un pion suffisamment grand pour avoir été mis dans le secret des pontes.

— Et en Europe, comment ça se passe ?

— Ça, j'en sais encore moins... C'est pas de mon ressort, en tout cas on me dit jamais rien à ce sujet.

— Parle-moi de ton pote Nino.

Simonetti loucha sur le Beretta qui lui vrillait douloureusement la tempe. Il se racla la gorge et lâcha d'une voix fluette :

— Quel Nino ?

— Encore une connerie comme celle-là, et tu y passes pour de bon, Joss. Il y a d'autres types qui me répondront à ta place. Je te parle de Nino Caldara.

— Eh bien... C'est lui qui s'occupe du côté pratique des affaires.

— Tu veux dire, de ton commerce dégueulasse avec les gosses ?

— Bon Dieu ! C'est pas mon commerce, Bolan ! On m'a forcé.

— Tu me prends pour un con ?

— Putain ! J'oserais jamais.

— Parle-moi aussi de ton copain David Hollenberg.

L'énorme mafioso poussa un petit gémissement.

— Oh!... Je peux pas! Ecoutez, si je commence à jacter sur ce sujet, je suis mort, vous comprenez?

— Tu l'es déjà. Alors fais un effort pour gagner quelques minutes.

— Bon... d'ac... d'accord. Mais vous n'allez pas appuyer sur cette putain de détente, hein?

En réponse, le chien du Beretta se releva doucement, faisant entendre un horrible cliquetis.

— Voilà... Hollenberg dirige tout ici, pour ce qui est du business théorique.

— Tu veux me faire croire que les gros bonnets de New York ont choisi un congressiste véreux pour superviser la grosse magouille locale?

— Non, vous n'avez pas compris. C'est lui la plaque tournante de toute l'opération au niveau des politicards et des administratifs. Il a tout un réseau de mecs qu'il contrôle après les avoir mis dans le coup.

— Comment ça se passe?

— La méthode classique. On invite ces gus dans des partouzes de plus en plus poussées, on leur refile de la came, aussi, et après ça la plupart se mettent à collaborer. David nous désigne les cibles les plus importantes et les plus faciles à manœuvrer. Faut pas se tromper, quoi...

Au fur et à mesure que les questions tombaient, Joss reprenait confiance. Il pensait que la situation s'annonçait un peu moins sombre qu'au début. Un regard vers les corps ensanglantés de ses deux gorilles, pourtant, lui fit avaler sa salive de travers. Il toussota, se renfrogna et enchaîna d'une voix enrouée :

— Vous savez, Bolan, moi j'étais pas d'accord pour qu'on utilise des mômes dans ce cirque. Je trouve ça dégueulasse, mais j'ai pas eu mon mot à dire. C'était ça où je me retrouvais sur la paille.

— Je te plains, lui dit Bolan. Tu prétends peut-être aussi que David Hollenberg est en contact direct avec tes potes de New York ?

— Non. Du moins pas à ma connaissance. Il y a deux ou trois personnes qui font la navette entre New York et la Californie. On ne les voit jamais, ils transmettent toujours les directives du conseil par téléphone, avec un code de reconnaissance. Comme... Comme ce Jeff de Manhattan.

Un silence pesant meubla l'atmosphère. Simonetti sentait la sueur lui dégouliner de partout.

— Comment avez-vous été au courant, pour Jeff ? fit-il sur un ton qu'il voulait badin. Moi-même, je l'ai jamais aperçu.

— Je vais te dire qui m'en a parlé, Joss. Un certain David Jackson qui bossait pour toi et que j'ai rectifié dans ton immeuble de Beverly Hills.

— Ah ouais ? Il a jacté et ensuite vous l'avez dessoudé ? C'est ce que vous allez faire avec moi ?

— A toi de choisir.

— Je peux encore vous être utile, dit sournoisement le gros truand trempé de sueur.

A cet instant, le téléphone carillonna sur le bureau.

— Décroche, lui ordonna l'Exécuteur, éloignant légèrement le Beretta.

Simonetti se redressa en soufflant et s'approcha de l'appareil qu'il souleva, roulant des yeux en direction de Bolan qui avait pris l'écouteur.

— Allô!... Allô, Joss... tu es là? faisait une voix aux accents distingués. C'est David. Réponds, veux-tu!

L'Exécuteur plaqua sa main sur l'appareil et souffla à Joss :

— Dis-lui que tu le rappelleras dans deux minutes. Te trompes pas.

— Oui, oui...

Puis, après deux, trois secondes :

— Oui, David, je t'entends. Ecoute, j'ai un gros problème sur les bras, je te rappelle.

— Je veux te parler tout de suite, rétorqua la voix qui paraissait toute proche. C'est au sujet de ce qui...

— Je sais. Ecoute, dans deux minutes je te rappelle. Tu es chez toi?

— Bien sûr, où veux-tu que je sois?

— Laisse-moi juste deux minutes.

Bolan raccrocha lui-même et obligea Simonetti à s'asseoir dans son fauteuil.

— Tu vas le rappeler comme convenu, déclara-t-il sèchement. Tu vas écouter ce qu'il a à dire et tu lui répondras que tu veux le voir sans délai. Le téléphone est trop dangereux. Tu y es?

— C'est pas compliqué. Et ensuite?

— T'occupe! Fais seulement ce que je te dis. En attendant, réponds à une autre question.

— Allez-y. Si je peux encore vous aider...

— Tu ne vas pas m'aider, grinça Bolan. Tu vas

seulement cracher le morceau. Dis-moi où et quand doit avoir lieu la livraison.

— Vous voulez parler de la livraison de...

— De mômes, oui.

Un énorme soupir fusa de la bouche épaisse.

— Tôt le matin, à six heures.

— A quel endroit ? Ne m'oblige pas à t'arracher tous les mots, c'est mauvais pour ta santé.

— C'est dans San Gabriel Canyon.

— Tu es déjà allé là-bas ?

— Heu, oui.

— Qui dirigera la récupération ?

— Un de mes gars avec une équipe d'encadrement.

— Combien en tout ?

— Dites, je peux prendre un mouchoir ? Je dégueule de partout.

— Tu te torcheras plus tard. Réponds.

— Une dizaine dans deux bagnoles.

— Prends un papier et fais-moi un plan, Joss. N'essaie pas de me rouler, toi et moi nous irons ensemble au rendez-vous.

Avec des gestes fébriles, l'obèse ouvrit un sous-main et s'empara d'une feuille de papier sur laquelle il commença à crayonner.

— Je suis pas doué pour le dessin, Bolan, vous savez...

— Fais un effort, c'est ta peau dégueulasse qui est en jeu.

Une minute plus tard, Bolan eut devant les yeux un plan malhabile mais néanmoins compréhensible. L'endroit se situait au nord-est de Los

Angeles, entre le réservoir de San Gabriel et Glendora Mountain, une région aride et difficile d'accès dans les collines rocheuses.

— Qu'est-ce que représente la croix? questionna-t-il.

— C'est là qu'est le hangar où on attend le camion.

— Une dernière chose : qui a ordonné l'enlèvement de Diana Nicholson?

Une nouvelle suée gicla sur le front du mafioso.

— Le vieux.

— Frank Nicholson?

— Ouais. C'est lui qui nous a demandé de nous en charger.

— O.K., Joss. Décroche le téléphone et rappelle ton grand copain David.

Quinze secondes plus tard, l'écouteur contre l'oreille, Bolan entendit de nouveau la voix cultivée :

— Tu as mis le temps, Joss. Je viens d'avoir un écho de certains événements qui se seraient produits dans une de tes propriétés.

— Je sais, Dave, je voulais justement t'en parler de toute urgence, mais pas comme ça.

— Dis-moi au moins ce...

— Non, je ne suis pas idiot au point de larguer des indications dans des tas d'oreilles, tu comprends. Tu peux venir ici?

— Je préfère que tu viennes chez moi. Mais fais attention.

— Te frappe pas, Dave, j'ai l'habitude.

— Bon, à tout à l'heure.

Reposant doucement l'appareil, Simonetti essaya un sourire qui ressembla à une grimace de gargouille.

— Ça a été comme ça ?

— Tu as été parfait, Joss, ricana Bolan. Enfile un costard, on se casse.

— Je peux m'essuyer, maintenant ?

— Tant que tu ne prends pas un flingue pour t'éponger.

Malgré sa corpulence, il ne fallut que trois minutes au mafioso pour passer un costume par-dessus une chemise de soie qui souligna ses bourrelets. Il finit de lacer ses chaussures, se redressa en soufflant comme un goret et écarta les mains.

— Je suis prêt, Bolan.

— Passe devant.

Ils descendirent dans le hall de la villa et débouchèrent dans le jardin. Dans une zone d'ombre de l'allée, Simonetti faillit buter contre une masse étendue au sol. Il poussa un grognement en reconnaissant le corps de Douglas Piranesi qu'il contourna dans un petit pas de danse ridicule.

Un peu plus loin, il devina une autre forme humaine allongée contre un massif, dans une position cassée, puis une autre encore, contre le muret d'enceinte.

— On prend ta caisse, ordonna l'Exécuteur.

Le véhicule de Simonetti était garé sous un appentis, une Cadillac compacte toute blanche. Bolan s'installa dans le fauteuil avant droit, obligeant le mafioso à prendre le volant.

— Mets en route, gronda-t-il.

Il disposait de deux heures et demie avant le rendez-vous de San Gabriel Canyon. C'était tout juste suffisant pour s'occuper de l'immonde prédateur qui étendait ses griffes dans l'ombre de la Cité des Anges.

CHAPITRE XI

La demeure de David Hollenberg était campée à plus de vingt kilomètres d'Alhambra, près d'Ocean Park. Mais la circulation fluide à cette heure de la nuit permettait une bonne moyenne horaire à travers le réseau d'autoroutes qui tisse une gigantesque toile d'araignée sur Los Angeles.

Moins d'une demi-heure après avoir quitté Alhambra, la Caddie blanche de Joss Simonetti roulait dans Venice Boulevard.

— Ralentis mais ne t'arrête pas, lui dit Bolan.

Bientôt ils passèrent devant une belle villa blanche à deux niveaux, entourée de hauts murs fermés par une grille massive. Quelques spots lumineux éclairaient la propriété devant laquelle s'étendait un petit parc gazonné et agrémenté de massifs fleuris. Trois fenêtres étaient éclairées à l'étage, dans une aile de la bâtisse, et une lumière ténue faisait une tache claire au rez-de-chaussée.

Ces murs abritaient en leur sein un immonde serpent pour qui la réussite sociale était synonyme de roublardise, de corruption et de trafics en tous genres. Cependant, le maître de ces lieux menait bon train son existence de congressiste au-dessus de tout soupçon, s'affichant volontiers sous les caméras des chaînes de télévision, donnant des interviews aux journalistes et prodiguant régulièrement ses largesses à des œuvres caritatives.

Pour Mack Bolan, il n'était pourtant qu'un infecte parasite qui suçait impitoyablement le sang de la société américaine et faisait ses choux gras des énormes marchés financiers qui passaient entre ses mains avides. Il s'appuyait pour cela sur deux systèmes ; l'un étant constitué par ses relations politiques et financières, l'autre relevant de la pure criminalité.

Mais jamais rien n'avait percé de ses troubles relations avec la mafia, à part l'accusation qui avait été faite par deux journalistes à une époque relativement récente, et qui mettait en cause une affaire de détournement de fonds au profit du Syndicat du Crime. Le scandale débutant avait été vite étouffé. A la suite d'intrigues savantes. Le journal fut condamné à payer d'énormes dommages et intérêts à Hollenberg, l'un des reporters fut révoqué puis accusé de démence schizophrénique, et le cadavre du second fut découvert deux mois plus tard dans la baie de Santa Monica.

Hollenberg se plaisait souvent à affirmer à qui voulait l'entendre que sa réussite était uniquement basée sur un travail de chaque instant et sur la volonté qu'il avait de servir son pays. En fait, il devait surtout sa prospérité et sa richesse aux complicités crapuleuses qu'il avait eues dès le départ de sa carrière de politicien. Avocat peu scrupuleux, d'abord, puis procureur du canton de Burbank, il s'était très vite signalé à l'attention de certains *amici* qui grenouillaient déjà à l'époque dans le milieu de la magistrature. De magouillage en combines tortueuses, David Hollenberg était rapidement parvenu à se rendre indispensable pour ses amis truands, et son intelligence machiavélique le propulsa bientôt vers les sommets politiques.

Sa fortune était aussi importante que celle d'un armateur de navires ou d'un gros propriétaire de champs pétrolifères. Et, en public, lorsqu'il arrivait qu'on fasse état des accusations passées, il traitait ces infamies avec le mépris requis, n'hésitant pas à expliquer la croissance géométrique de sa richesse par le résultat normal d'investissements judicieux.

L'Exécuteur avait passé plus d'une heure devant l'écran d'un ordinateur, à étudier toutes les malversations dont le congressman s'était rendu coupable. Ce qui était ahurissant, c'était d'apprendre que pas une seule charge éventuellement dirigée contre lui n'avait permis d'aboutir à une inculpation. D'aucuns ayant fait la même démarche s'étaient sans aucun doute posé la question : comment le grand David avait-il pu passer sans dommage à travers ces nombreux écueils de la Justice ? Pour Bolan, la réponse était sans équivoque : Hollenberg bénéficiait de complicités à très haut niveau ; des personnalités qu'il avait réussi à corrompre par l'argent ou par le vice lui assuraient une protection sans faille. Et si l'un d'eux manifestait par hasard des velléités contraires à ses obligations occultes, on le menaçait sans attendre de dévoiler sa dépravation ou des exactions qu'il aurait pu commettre. C'est une méthode qui fonctionne à tous les coups.

Une autre question pouvait être posée au sujet du sénateur au-dessus de tout soupçon : détenteur d'une richesse colossale et d'une influence démesurée, pour quelle raison ne cessait-il pas ses obscurs agissements illégaux et ne se retirait-il pas tout simplement pour jouir avec facilité d'une vie de luxe et de plaisir ?

Là encore, la réponse était claire. Il était pris depuis trop longtemps dans l'engrenage du Milieu pour avoir la possibilité de faire marche arrière ou de cesser ses activités méprisables.

Mack Bolan, sur un tout autre plan, n'était plus depuis longtemps en mesure de mettre un terme à la guerre qu'il livrait à la mafia, de relâcher ne fût-ce qu'un instant son esprit de combativité sous peine de se retrouver prompto entre quatre planches de sapin.

David Hollenberg, de son côté, n'avait plus la possibilité de lâcher les gangsters qui avaient concouru à sa promotion. Occultement, il dépendait d'eux comme eux dépendaient de lui.

Et puis, sa soif irréductible de pouvoir le poussait constamment vers d'autres horizons très prometteurs. Il faisait évidemment partie de ces gens qui n'en ont jamais assez et qui éprouvent une jouissance infinie à tenir les autres entre leurs mains, comme des jouets qu'ils peuvent manipuler, utiliser, déformer ou briser sur une simple décision. Il avait la fortune et la puissance ; il voulait aussi le pouvoir absolu et la gloire. N'était-il pas inscrit sur la liste des candidats à la prochaine élection présidentielle ?

Bolan venait d'obliger Simonetti à faire demi-tour. Il avait voulu se faire une idée sur les lieux avant d'y pénétrer et, d'instinct, ce qu'il avait pu observer lui laissait une très mauvaise impression.

Il ne s'était jamais trouvé en sa présence. Mais, il en avait la conviction, David Hollenberg était un individu intelligent et redoutable. Cette crapule respectée, cet infect parasite, n'avait rien d'un petit politicard grenouilleur et se révélerait sûrement aussi dangereux qu'un cobra attaqué dans son antre.

— Vas-y maintenant, ordonna Bolan à Simonetti. Fais ton arrivée comme tu as l'habitude.

La Cadillac se pointa doucement devant la grille d'entrée et le mafioso fit trois brefs appels de phares. Au bout de quelques secondes, une silhouette se dégagea de l'ombre et le faisceau d'une torche Maglite passa à travers le pare-brise. Puis les deux battants en fer forgé s'ouvrirent complètement, mus par un mécanisme électrique. La vitre côté conducteur s'abaissa selon un rituel de circonstance.

Un type baraqué s'approcha de la portière pour inspecter l'intérieur de l'habitacle.

— Bonsoir, monsieur Simonetti, prononça le type à voix basse. Vous avez de la compagnie ?

Le faisceau lumineux avait éclairé Bolan le temps de deux secondes.

Joss eut un petit ricanement :

— Ouais. Le temps n'est pas au beau fixe, faut bien se protéger.

— Comme vous dites, répliqua le gorille.

Faisant signe d'avancer, il appuya ensuite sur le bouton pour refermer la grille tandis que la Cadillac glissait souplement dans l'allée centrale.

L'Exécuteur avait déjà vu le visage de l'armoire à glaces à travers l'écran d'un ordinateur de communication. Une fiche du FBI indiquait qu'il s'appelait Bob Ucello, dit Bobby « Smiley ». C'était un ancien GI, un Béret Vert révoqué de l'armée pour trafic de drogue et détournement de matériel militaire. Aucune inculpation dans le civil, mais plusieurs présomptions de coups et blessures ainsi que de deux meurtres. Bolan savait qu'il avait bien plus de crimes à son actif et que son appartenance à la mafia était certaine.

Quittant la Caddie, Simonetti s'avança jusqu'au perron dont il monta lourdement les trois marches, Bolan sur les talons. Bobby Smiley les rejoignit et poussa la grosse porte d'entrée en chêne massif, s'écartant pour laisser entrer les visiteurs.

Dans un hall garni de tentures et comportant des statues sur des stalles en marbre, le gros mafioso jeta un coup d'œil angoissé à l'Exécuteur.

— Avance, souffla ce dernier tout près de lui.

Simonetti avança jusqu'à l'escalier et à cet instant le garde du corps s'interposa devant Bolan.

— Toi, tu restes ici, fit-il sèchement.

— Négatif, renvoya Bolan, c'est toi qui restes ici.

Dans la fraction de seconde qui suivit, il y eut un petit bruit de toux tandis qu'une ogive de 9 mm Parabellum perforait le menton de Bob Ucello, lui composant un affreux sourire sanglant et lui ouvrant le sommet du crâne avant d'aller s'enfoncer dans le haut d'un mur.

Le boss de Los Angeles s'était figé, blême et les yeux exorbités.

— Relax, Joss, tu vas faire mauvaise impression sur ton pote.

Ahanant, l'autre gravit l'escalier de marbre, s'arrêta sur le palier pour souffler, puis poursuivit son chemin jusqu'à une porte ouverte sur un immense salon.

Le maître des lieux se tenait tout au fond de la pièce, les mains croisées dans le dos devant une grande fenêtre.

— Entre, Joss, dit-il en se retournant lentement.

Il portait une robe d'intérieur chamarrée par-dessus un pantalon et une chemise beige. Un petit foulard de soie lui protégeait la gorge.

C'était un homme d'une cinquantaine d'années, grand et à l'allure très soignée. Une chevelure à peine grisonnante encadrait un visage beau et avenant malgré la dureté de certains traits. Derrière des lunettes à fines montures dorées, son regard était pénétrant et vif, d'un bleu très clair. L'impression générale qui se dégageait de lui pouvait se résumer à deux mots : élégance et dignité.

— Entre et mets-toi à l'aise, répéta-t-il.

Puis, jetant un coup d'œil contrarié à Bolan :

— Qui est-ce ? Tu ne m'avais pas dit que tu viendrais accompagné.

— C'est un ami, affirma Simonetti d'un ton qu'il voulait détaché.

— Un ami de quel bord, Joss ?

— Pas du tien, en tout cas, répliqua l'Exécuteur, soutenant sans difficulté le regard d'oiseau de proie.

Un instant s'écoula dans un silence inquiétant, rompu enfin par une remarque cinglante :

— Je crois n'avoir pas bien compris le sens de cette remarque. Tu as sans doute une explication, Joss ?

Joss se tenait immobile à moins d'un mètre de Bolan qui le sentait tendu subitement. Comme il ne desserrait pas les lèvres, le congressiste réitéra d'un ton plein de morgue :

— Qu'est-ce que cela signifie ?

Enfin, Joss lâcha d'une voix rauque :

— Nous ferions mieux de discuter tranquillement de tout ça, David. La situation n'est pas brillante.

A peine avait-il terminé sa phrase qu'il se lança comme un taureau sur Bolan, dans l'intention évidente de l'écraser de sa masse énorme, puis de tenter de le neutraliser. Mais l'impact qu'il envisageait ne déboucha que sur du vide. L'Exécuteur s'était attendu à une réaction de ce genre et avait fait simplement un pas en arrière tandis que le pachyderme continuait sa trajectoire lourdingue pour s'effondrer finalement contre un guéridon qui se brisa dans un fracas de bois et de verre.

Son corps n'était pas encore immobilisé quand une vilaine fleur écarlate apparut en plein milieu de son front, s'étalant ensuite et dégoulinant le long de sa tempe. Un dernier spasme secoua le cadavre de Joss Simonetti.

CHAPITRE XII

Un certain temps passa dans l'immobilité absolue de part et d'autre. Bolan observait Hollenberg qui avait conservé son expression hautaine, son regard impassible.

Puis le congressiste s'anima. Oh ! Pas comme un être humain peut s'émouvoir devant la mort ou le danger. Non. Son visage plein de distinction demeura de marbre, mais un petit déclic s'opéra en lui.

— Et alors ? lâcha-t-il du bout des lèvres.

— Alors quoi ? rétorqua l'Exécuteur d'un ton égal.

— Vous êtes fou. Je pourrais appeler...

— Bobby n'est plus en état de répondre.

— Que lui avez-vous fait ?

Un regard vers le cadavre ensanglanté fut la seule réponse.

— J'ai un message pour vous, David.

— Eh bien... Je vous écoute.

— Lâchez le gros gâteau et sortez du jeu.

— De quel jeu parlez-vous ?

— Vous le savez aussi bien que moi, ne faites pas l'idiot.

— Et, de qui est ce message ?

— Il est personnel.

— Et qui êtes-vous ?

Bolan s'approcha de la table à côté de laquelle se tenait Hollenberg et jeta sur le plateau une médaille de tireur d'élite. La petite pièce tomba avec un bruit mat.

Un regard perçant s'abaissa vers l'objet insolite qu'il contempla un instant. Un clignement de paupières fut le seul indice attestant qu'il avait compris. Puis son regard dur reprit l'horizontale.

— Vous faites erreur sur la personne, prononça-t-il sèchement. Je n'ai rien de commun avec les gens contre lesquels vous dirigez votre haine.

— Et Joss ? sourit cruellement Bolan. Il n'a sans aucun doute jamais fait partie de la mafia ?

— Ce n'était pas mon ami. J'entretenais seulement des relations avec lui. C'est très différent, vous comprenez ?

— Des relations bien curieuses pour un politicien.

— Si vous étiez un peu mieux informé, vous sauriez qu'en matière de politique on est parfois obligé de côtoyer des gens de son espèce. La société est faite de toutes sortes de personnages qui possèdent chacun une certaine forme de pouvoir. Il se trouve que cet individu avait le pouvoir d'agir sur certaines de mes affaires.

— Bien sûr. Et cela vous arrangeait.

— Par la force des choses.

Hollenberg parut d'un coup éprouver autre chose que de la froideur. Son front se plissa légèrement et il donna l'impression de réfléchir. Lentement, il piocha une cigarette à bout doré dans un paquet posé sur la table et l'alluma avec des gestes pleins d'attention.

L'Exécuteur avait parcouru du regard l'étendue du vaste salon luxueux, examinant brièvement le coûteux ameublement, les tableaux de maîtres et la décoration princière.

Tout au fond, au-dessus d'un bar en merisier, il y avait deux carabines de grande chasse fixées au mur, encadrées par des trophées : deux énormes défenses d'éléphant, une tête de sanglier de taille exceptionnelle et plusieurs peaux de tigres et de lions.

— Vous admirez mon tableau de chasse, fit soudain le congressiste, une ombre de sourire sur la bouche. Il n'y a là qu'une partie. Quand j'en ai le temps, je me passionne pour la chasse aux grands fauves. Vous savez, je ne suis pas de ceux qui s'en prennent aux animaux sans défense, je trouve cela odieux et lâche. S'il n'y a pas la notion du danger, le fait d'éliminer une vie n'est qu'un acte méprisable. Je pense que vous êtes assez bien placé pour comprendre et apprécier.

— J'apprécie votre humour, sénateur.

— Eh bien, je crois que nos façons réciproques de voir les choses ne sont pas incompatibles. Si votre intention était de m'assassiner, vous l'auriez déjà fait, n'est-ce pas ? Arrangeons-nous. Vous m'avez débarrassé de ce gangster, vous pourriez continuer, non ?

— Vous êtes en train de me vendre vos copains ?

— Ils me font chanter.

— Je vous croyais irréprochable ? ironisa Bolan.

— Personne ne l'est vraiment, tout est une question de degré et de conjoncture. Il se trouve simplement qu'un fâcheux concours de circonstance m'a un jour fait tomber dans un traquenard...

— Et les gosses, dans quel genre de traquenard les faites-vous tomber ?

— Vous plaisantez, j'espère ? Je ne touche pas à ça ! Je n'ai rien d'un pédophile, quoi qu'on ait pu vous raconter à mon sujet.

— Vous êtes pire que ça. Entre autres, vous manipulez dans l'ombre des magouilles qui permettent à vos amis de s'approvisionner en viande fraîche, c'est bien comme ça que vous appelez entre vous ce gentil commerce ?

— Ecoutez, cher ami, je peux vous prouver que vous faites fausse route...

— Non. Vous, écoutez-moi plutôt, monsieur-Blanc-Comme-Neige. Vous vous croyez intouchable au sommet de la pyramide pourrie que vous avez bâtie sur toutes sortes de saloperies. Vous pensez dur comme fer que vos copains de la mafia vous soutiendront jusqu'au bout et quoi qu'il arrive, mais vous vous trompez grossièrement. Vous n'êtes pas le grand homme politicoarrangeur imaginé par votre cervelle de mégalomane. Il arrivera le moment fatidique où vous aurez si bien installé les *amici* dans le pouvoir qu'ils pourront se passer de vous. Alors, ils vous feront la peau, ils rejetteront votre carcasse inutile et prendront possession de tout ce qui est à vous, ou plutôt de tout ce qu'ils vous ont aidé à voler. C'est une façon de voir les choses qui vaut bien la vôtre mais qui en plus a le mérite d'être réaliste. Qu'en pensez-vous ?

Hollenberg donna l'impression de réfléchir, puis il partit d'un petit rire ironique.

— Vous êtes toujours dans l'erreur, Bolan. Cela ne peut pas arriver. Cela n'arrivera pas.

— Et pourquoi ?

— Parce que j'ai pris la précaution de verrouiller la situation partout où elle présentait un risque. Contrairement à ce que vous prétendez, ces gens ne peuvent rien contre moi. Ils ne me tiennent pas, c'est moi qui les contrôle. Vous, par contre, vous avez sûrement besoin d'un ami...

— Vos amis de New York vous soutiendront-ils jusqu'au bout ?

— De quels amis parlez-vous ?

— De ceux qui mènent la danse en haut lieu, de ceux qui, comme vous, se sont glissés depuis longtemps dans les structures du gouvernement, de l'administration, de la finance et des médias. De ceux qui pourrissent progressivement la société afin de lui ôter toute défense pour la bouffer ensuite tranquillement. D'infects charognards de votre espèce. Voilà de quels amis je parle, Hollenberg.

— Vous divaguez, fit le sénateur d'une voix ronronnante. Tout cela ne mène nulle part.

Après une petite pause, il reprit avec froideur :

— Bien, au lieu de discuter sans but, dites-moi clairement ce que vous voulez ?

— Je vous l'ai déjà dit clairement. Sortez du jeu pourri. Constituez-vous prisonnier auprès des autorités judiciaires et faites des aveux. Et quand je dis autorités judiciaires, je ne parle pas de celles dont vous avez l'habitude, évidemment.

De nouveau, un rire saccadé se fit entendre. Mais cette fois, Hollenberg riait jaune.

— Rien que ça ?

— C'est votre dernière chance.

— Ecoutez, arrangeons-nous... Que pensez-vous de cent mille dollars ? Non, c'est ridicule, disons un million de dollars. Qu'en dites-vous ? En plus, je m'arrangerai pour vous faire blanchir auprès du Ministère de la Justice, cela est faisable avec les relations qu'il faut, soignez-en sûr.

— Mais j'en suis sûr, David. Comme je suis certain que vous avez blanchi bon nombre de saloperies illégales grâce à vos hautes relations. Mais ce n'est pas cela qui vous tirera d'affaire. Et je ne m'encombre pas non plus de légalité.

— Pourquoi alors discutons-nous en ce moment ?

— En venant chez vous, j'avais un tout petit espoir de vous trouver des circonstances atténuantes. Je trouve au contraire vos réponses aggravantes.

— Bon, ça suffit ! Arrêtez les frais, je n'ai

qu'un coup de fil à donner pour que la police vienne vous ramasser.

Bolan ricana.

— Vous ne le ferez pas. Ce serait vous exposer définitivement. Oubliez-vous le macchabée qui est en train de dégueulasser votre belle moquette? C'est foutu pour vous. Vous n'êtes qu'un paranoïaque, Hollenberg, une merde fumante dans un écrin doré.

— Espèce de salaud! explosa soudain le congressiste. Mais pour qui vous prenez-vous? Vous croyez pouvoir m'insulter, chez moi!

— Vous êtes vous-même une insulte pour la société.

— Sortez d'ici!

— Je vais sortir, oui, lui dit Bolan.

Déjà, Hollenberg s'élançait au fond du salon pour saisir une carabine accrochée au mur. Le visage livide, la mâchoire pointée en avant, il manipula le gros flingue de chasse avec des gestes hystériques.

L'Exécuteur le laissa manœuvrer la culasse pour engager une grosse cartouche dans la chambre, puis lui logea une balle de 9mm entre les yeux. Le regard plein de rage bascula brutalement, comme pour examiner avec étonnement toute la pourriture qui stagnait derrière ce masque de respectabilité.

David Hollenberg partit lentement à la renverse et, dans un réflexe d'agonie, son doigt se crispa sur la détente, libérant une énorme ogive qui traversa la pièce dans un aboiement assourdissant.

Bolan avait déjà franchi la porte et s'éloignait dans le couloir. « Une balle n'est rien, pensait-il. Une balle n'est rien comparativement au mal que des individus tels que David Hollenberg sont capables d'occasionner. » Et des êtres de son acabit, il en existait une multitude. L'Exécuteur ne pouvait tous les éliminer, bien sûr. Il devait se contenter d'atteindre les plus gros, du moins ceux qui se trouvaient à sa portée. Les prochains à abattre n'étaient que des comparses. Des exécutants chargés de récupérer un convoi. Un pauvre troupeau d'enfants auxquels on avait sans aucun doute promis le paradis et qui n'étaient destinés qu'à l'enfer du vice.

Il actionna le mécanisme d'ouverture de la grille et se mit au volant de la Cadillac blanche dont il lança le moteur, souhaitant de toutes ses forces de ne pas arriver trop tard au rendez-vous.

CHAPITRE XIII

L'Exécuteur venait de traverser Duarte, dernière banlieue résidentielle de Los Angeles avant les Monts San Gabriel. Déjà, la route montait en pente raide le long d'une rivière tortueuse. La nuit était d'un noir d'encre.

Il était 5 h 15. L'arrivée du camion dont Simonetti avait parlé était prévue pour six heures. Mais Bolan voulait être en avance sur les lieux afin de préparer l'interception de la troupe de récupération.

Il avait conscience que l'expédition qu'il projetait ne serait pas une partie de plaisir. Il aurait affaire à une dizaine de tueurs bien entraînés et sûrement mauvais comme des gales. Pour compliquer encore la situation, il y aurait ces enfants qui se trouveraient en plein milieu de la zone de combat. C'est pourquoi l'Exécuteur avait résolu d'arriver le plus tôt possible au point du rendez-vous. Il lui faudrait hâtivement inspecter le terrain, définir la meilleure position à occuper pour opérer la neutralisation de l'équipe mafieuse et se préparer ensuite à accueiller les convoyeurs sans faire courir de risques au précieux chargement.

Pour tout armement, il n'avait que son Beretta, un micro-Uzi récupéré dans la Porsche, un poignard de combat et deux garrots. C'était peu pour venir à bout d'une bande de salauds bien équipés et à la gâchette facile.

Il conduisait donc le plus vite possible compte tenu de la difficulté de ce raidillon, estimant qu'il lui restait encore une douzaine de kilomètres à parcourir avant d'atteindre son but. Sous le couvert d'une forêt de pins qui rétrécissait la mauvaise route, l'obscurité était d'une densité incroyable. Au train qu'il menait, Bolan avait besoin de toute son attention pour maintenir la Cadillac sur l'asphalte humide.

Mais sans doute le destin avait-il décidé de ne pas lui faciliter la tâche. A la sortie d'un virage, deux feux rouges se signalèrent brusquement devant lui et l'arrière d'une grosse voiture immobile apparut comme un obstacle, presque au milieu de la chaussée.

Bolan freina sec, laissant tourner le moteur de la Cadillac. Trois silhouettes apparaissaient sur le bas-côté dans la lumière de ses phares, un autre type était assis sur le capot de la limousine, une Oldsmobile noire, fumant une cigarette, et un autre tenait le volant.

Immédiatement, il sut qui étaient ces hommes. Leur apparente décontraction, la façon qu'ils avaient de regarder dans sa direction avec méfiance, et leur allure générale ne pouvaient pas tromper. Pas un d'eux n'avait eu un mouvement de retrait, bien qu'il y ait eu un sérieux risque de collision entre les deux véhicules. C'étaient des gars sûrs d'eux, habitués à la violence et à l'imprévu.

L'Exécuteur aurait pu contourner tranquillement cet obstacle et faire semblant de poursuivre son chemin comme s'il n'était qu'un simple automobiliste, pour foncer ensuite vers le point de rencontre prévu.

Il y avait pourtant un inconvénient à cette solution : la Cadillac blanche qu'il conduisait était vraisemblablement connue de ces gros bras comme étant celle de Joss Simonetti. Même s'ils n'avaient qu'un doute, c'était suffisant pour déclencher une mauvaise réaction de leur part.

Bolan eut un instant envie de déclencher tout de suite les hostilités en les mitraillant avec le petit P-M 9mm. Il avait une chance de réussir un beau carton en quelques secondes, jouant sur un effet de surprise. Mais il se retint. Il savait qu'il y avait une autre voiture en piste.

Simonetti n'avait eu aucune raison de mentir à ce sujet. Dix porte-flingues répartis dans deux véhicules. Ce qu'il voyait pour l'instant ne faisait pas le compte.

Devançant un gars qui s'approchait de la Cadillac en roulant les épaules, il passa la tête par la portière et lança :

— Vous avez un problème ?

— Non, rétorqua l'autre. Pas de problème.

Il se protégeait les yeux de la lumière des phares et examinait la Caddie.

— C'est drôlement désert par ici, ajouta-t-il. Vous habitez dans le coin ?

L'Exécuteur comprit où il voulait en venir. D'ailleurs le porte-flingue commençait à glisser une main dans l'ouverture de son blouson.

— Est-ce que j'ai une gueule à habiter dans le coin ? renvoya-t-il d'un ton grinçant.

— Eh ben... Je sais pas. Cette caisse me dit quelque chose. Elle est à vous ?

— Tu sais bien à qui elle est, fais pas le con, ajouta Bolan en sortant de la Cadillac. Dis-moi plutôt ce que vous foutez à glander sur cette route de merde alors que vous devriez déjà être là-haut.

Le mafioso recula d'un pas.

— Je... On... On a un petit ennui avec notre bagnole.

— Ah ouais ?

— Ce putain de moteur chauffe trop.

— Tu te fous de moi ? gronda Bolan.

Entendant les éclats de voix, deux autres types s'étaient approchés et celui qui fumait assis sur le capot de l'Oldsmobile avait les yeux rivés dans leur direction.

— Réponds quand je te parle ! fit l'Exécuteur d'une voix tranchante.

— Bien sûr que non !

— Quoi, bien sûr que non ?

— Je me fous pas du tout de vous.

— Alors explique-moi ce qui se passe. T'as intérêt à pas me raconter d'histoires.

— Oui, monsieur, fit l'autre, le visage contracté. C'est vrai que cette saloperie de chignole chauffe un peu. Et comme on a un peu d'avance sur l'horaire, on a voulu laisser reposer le moteur.

Bolan observa l'arrière de la grosse Oldsmobile avant de demander :

— C'est toi qui diriges ces gars ?

— Oui, monsieur.

— Tu as sans doute un nom ?

— Oui monsieur. C'est Mario.

— Mario comment ?

— Lorenzi.

Bolan fouilla dans une poche de son imper et en sortit un paquet de cigarettes. Il s'en ficha une entre les lèvres et l'alluma posément avec un briquet en or. Puis il tendit le paquet au chef d'équipe.

— T'en veux une ?

— Je veux bien, oui.

Il fit de nouveau claquer le briquet devant les yeux de Mario qui souffla ensuite un long filet de fumée.

La tension tombait, l'atmosphère se dégelait.

L'Exécuteur regarda durement les deux autres :

— Ça vous ennuierait de nous laisser un peu d'air ?

Après un bruit de raclement de gorge, le tandem reflua vers l'Oldsmobile contre laquelle ils s'appuyèrent. Au bout d'un petit moment de silence, Mario renifla et dit avec précaution :

— Personne ne m'avait prévenu que vous seriez dans les parages cette nuit, monsieur, heu...

— Appelle-moi Manny.

— D'accord... Heu, vous n'êtes pas d'ici, est-ce que je me trompe ?

Le ton de Manny-Bolan se fit de nouveau coupant :

— Je t'ai offert une cigarette, pas un crachoir.

— Excusez-moi.

— C'est rien. Tu sais ce qui s'est passé cette nuit ?

— On en a entendu parler.

La voix de Bolan baissa d'un cran.

— Buck s'est fait alpaguer.

— C'est ce qu'on m'a dit. J'espère qu'il s'en tirera avec ses hommes. On m'a dit aussi que quelqu'un a essayé de joindre M. Joss et qu'il ne répond pas.

— Joss a de gros soucis en ce moment, tu devrais le comprendre.

— Oui, je comprends ça.

— Il va falloir faire attention où tu mets les pieds. Où est la deuxième caisse ?

— Elle est partie une vingtaine de minutes après nous, et devrait plus tarder. Dites... Sans vouloir être indiscret, vous avez une idée de qui a pu faire toutes ces saloperies ?

Bolan tira sur sa cigarette et murmura :

— Un bruit court, Mario.

— Un bruit, monsieur ?

— Un bruit au sujet d'une combinaison noire, si tu vois ce que je veux dire.

— Je... Bon Dieu ! Vous voulez dire...

— Rien d'autre que ce que j'ai dit. Ça devrait te suffire à comprendre qu'il faudra jouer serré.

Personne ne sait où est ce type en ce moment. Il se pourrait qu'il soit en ville en train de réfléchir à un nouveau coup pourri. A moins qu'il soit par ici.

— Vous pensez vraiment qu'il pourrait rôder dans le coin ? Il faudrait qu'il soit à pied pour pas se faire repérer, et je vois pas n'importe qui franchir toute cette distance à pinces.

— Il n'est pas n'importe qui. Sais-tu au moins ce qu'on raconte sur lui ?

Depuis quelques instants, le regard de Mario allait et venait comme s'il cherchait à repérer un quelconque mouvement dans la forêt qui bordait la route de chaque côté.

— J'ai entendu des choses effrayantes au sujet de ce gus. Est-ce que vous l'avez déjà vu ?

Bolan haussa doucement les épaules.

— Je le suis à la trace. On peut même dire que je colle après lui comme son ombre. Tout ce qu'on dit sur lui est en dessous de la vérité, Mario. C'est pour ça que j'ai poussé un coup de gueule en vous voyant tous aussi relâchés.

— Vous avez raison, Manny. Je vais secouer les gars et on va se remettre en route.

Il lui adressa un bref sourire.

— Tu te demandes toujours ce que je suis venu faire dans le coin ?

— Non, plus maintenant.

— Dis-moi, où et comment dois-tu emmener la cargaison quand tu l'auras récupérée ?

— Mais... Comme d'habitude.

— Je veux te l'entendre dire. Que tout soit clair.

— On encadre le bahut et on l'amène à Monrovia avant qu'il fasse jour.

— Précise.

— Dans l'entrepôt Vitali.

— Tu oublies quelque chose.

— Heu... Ah oui ! On n'oublie pas de téléphoner à M. Gozzoli pour l'avertir que tout s'est bien passé.

L'Exécuteur lui donna une petite tape sur l'estomac.

— O.K. Maintenant, magne-toi le cul, Mario. Je te rejoindrai peut-être là-haut.

Il remonta dans la Cadillac tandis que le chef d'équipe rameutait ses hommes qui s'engouffrèrent bientôt dans l'Oldsmobile. La limousine dansa un peu sur ses amortisseurs et repartit sur le raidillon dans un nuage de vapeur.

Bolan relâcha ses nerfs. Tout le temps qu'avait duré la discussion avec le petit mafioso, il avait fait montre d'une décontraction parfaite, misant sur la connaissance psychologique de ces truands, jouant avec des phrases à double sens et sachant jusqu'où il pouvait aller. Mais ce double jeu lui avait demandé une grande tension intérieure. Il avait conscience qu'une seule erreur, un infime détail en porte-à-faux dans son comportement aurait pu lui être fatal.

En le quittant, Mario Lorenzi l'avait considéré à la matière d'un bon chien qui regarde son maître. Il ne fallait pourtant pas s'y tromper. Bolan connaissait bien ce genre de personnages, il en avait rencontré un grand nombre et tous répondaient aux mêmes critères. C'étaient avant tout des êtres durs et brutaux, insensibles à tout sentiment et aptes à tuer sur commande sans se soucier de l'identité de la future victime. Il n'existait que trois motifs capables de gouverner cette race d'individus : la domination, la crainte et le fric. Celui qui s'imaginait le contraire était un mort en sursis.

[illegible]

[illegible]

[illegible] vait dit [illegible] le danger ? De [illegible] avait [illegible] de même que des [illegible] Mais [illegible] il n'en [illegible]

[illegible] moment [illegible] devait [illegible] le [illegible] Clément [illegible] la seconde [illegible] et la [illegible] adversaires [illegible] pas [illegible]

[illegible] crédit [illegible] jeu. Mais il fallut [illegible] le

CHAPITRE XIV

Par un heureux concours de circonstance, Bolan avait renversé la situation. D'embarrassante au début, la rencontre inopinée allait lui permettre de s'amener au rendez-vous de San Gabriel Canyon sans avoir besoin de marcher sur la pointe des pieds.

Qui avait dit que l'audace attire le danger ? De l'audace, l'Exécuteur allait encore en avoir besoin, de même que des nerfs et des tripes. Mais de cela, il n'en manquait pas.

Restait maintenant à décider s'il devait filer le train aux buteurs entassés dans l'Oldsmobile ou attendre la seconde équipe pour l'intercepter et la réduire à néant, divisant ainsi les forces adverses. Le jeu de pile ou face n'était pas une bonne méthode, non, aussi Bolan choisit-il la solution la plus radicale. Il allait rallier la position ennemie, l'investir et la détruire de l'intérieur.

Ce ne serait pas une tâche surhumaine, si toutefois son crédit auprès de Mario Lorenzi tenait toujours. Mais il fallait d'abord laisser passer le second véhicule de la mafia afin de les avoir tous sous la main en même temps.

Un peu plus loin, il découvrit un sentier en terre sur lequel il s'engagea, roula une trentaine de mètres avant de déboucher sur une esplanade. Au fond, il y avait une sorte de falaise qui devait être une ancienne carrière. L'endroit lui convenait. Il tourna le capot de la Cadillac en position pour repartir et éteignit ses phares. En contrebas, il distinguait le tracé de la route sinueuse. Il ne pouvait pas rater un véhicule en approche.

Branchant le téléphone portable dont il s'était muni, il appela son ami Jack Grimaldi en souhaitant que la communication puisse passer malgré l'isolement de l'endroit.

— Wichita Air Service, je vous écoute, entendit-il dans le petit haut-parleur.

Dieu soit loué ! La communication était possible. Atténuée mais possible.

— C'est moi, lâcha-t-il. Tu es réveillé ?

— Bon Dieu ! C'est seulement maintenant que tu appelles, Striker ? Je me faisais un sang d'encre.

— J'étais occupé.

— T'es un vrai salaud. J'ai pas fermé l'œil de la nuit en attendant de tes nouvelles. Par contre, la radio et la télé n'arrêtent pas de parler de ce qui s'est passé en ville, c'est...

— Ça va, Jack ! J'ai besoin de toi.

— Ah ! Enfin ! Tu veux quoi, un avion, un hélico ou une nana ?

— Toi, simplement. Je veux que tu te tiennes prêt pour une récupération.

— Pas de problème. C'est quoi, le truc ?

— Un transport en commun.

— Aérien ?

— Non, routier.

Un rire passa dans l'appareil.

— Tu sais que j'ai pas de permis pour ça ?

— Tu paieras un ticket si tu tombes sur un contrôle. Bon, peux-tu être du côté de Pasadena dans une heure ?

— Pas de problème. Je resterai branché.

— J'aurai besoin de matériel. De quoi donner une petite fête.

— Pigé.

— Il faudrait aussi que tu trouves une crèche ou un établissement du même genre.

— Quoi ? s'esclaffa le pilote. Tu peux répéter ?

— Débrouille-toi, Jack. Trouve quelque chose qui puisse héberger une trentaine de gosses pour quelques jours.

— Merde ! Ce téléphone ne doit pas bien fonctionner, c'est sûr. T'es certain que c'est ce que tu veux ?

— De quoi manger, aussi.

— Ah bon ! Tu diriges les Restaus du Cœur maintenant ?

— Traîne pas, ricana Bolan.

Il coupa la communication et se tint immobile, observant la chaussée en contrebas. L'attente se prolongea près d'un quart d'heure avant qu'il aperçoive une lumière de phares. La voiture roulait à assez vive allure malgré les difficultés de la route et il entendait des crissements de pneus à chaque virage. Depuis qu'il s'était engagé dans San Gabriel Canyon, Bolan n'avait rencontré aucun véhicule à part celui de la mafia. La région était désertique et la voie ne desservait que le petit village de La Cienega, au nord, à plus de trente kilomètres de là en parcours routier. Il était quasiment sûr que la voiture qui venait de passer était celle de la seconde équipe.

Il attendit encore deux minutes et relança la Cadillac sur la pente.

Un voyou dégingandé était en train de faire coulisser une grande porte métallique, dans le flanc d'un hangar. C'était une ancienne remise à foin dans laquelle était garé un camion GMC bâché.

— Fais tourner un peu le moulin, lui dit Mario Lorenzi, des fois qu'il y ait de l'humidité.

Le mafioso grimpa dans la cabine et actionna le démarreur. Le moteur partit au quart de tour.

— Bon, ça va, fit Lorenzi. Pas la peine de brûler de l'essence pour rien.

L'autre coupa le contact, sauta au sol. Ils se mirent à marcher en direction d'une bâtisse délabrée au milieu d'une sorte d'esplanade.

— J'espère que le transport sera pas en retard, dit-il. On se les caille ici.

— C'est pas ça qui m'inquiète, rétorqua le chef d'équipe.

— Quoi ? Tu crois que la grande pute s'aventurerait par ici ?

— J'espère pas ! Mais ça pourrait arriver.

— S'il débarquait en bagnole, on le repérerait fastoche...

— Il paraît qu'il a un camion équipé comme un engin militaire, avec des systèmes à infrarouges pour voir la nuit, et qu'il roule sans faire de bruit.

— Moi aussi, j'ai entendu parler de ça, mais j'y crois pas. C'est des conneries de bande dessinée.

— L'armée utilise bien ce genre d'engins.

— Tu penses qu'il bosse pour ces cons de militaires ?

— Pourquoi pas ?

— C'est ce que ce type t'a dit ?

— Non, mais on est à peu près sûrs qu'il a ce genre de bahut, une sorte de Q.G. roulant.

Ils avaient presque atteint la baraque d'où sourdaient des bruits de voix.

— Qu'est-ce que tu penses de ce mec ?

— De Manny ?... C'est difficile à dire, je le vois pour la première fois. C'est pas un cave, tu peux en être sûr. Il a même une sacrée classe. Tu peux parier qu'il connaît son boulot par cœur et qu'il en rate jamais une. Il m'a fait l'effet d'avoir une machine électronique à la place de la cervelle.

— Je pense à quelque chose. Est-ce que ça pourrait pas être un de ces mecs qui bossaient pour l'ancienne *Commissione*, tu sais, j'crois qu'on les appelait les As noirs...

— Les As noirs n'existent plus, Harry.

— Y a peut-être des types qui les remplacent...

— Peut-être, comme tu dis. Mais je me fous de savoir ce qu'il est. Ce qui compte, c'est que les grosses têtes l'aient envoyé pour superviser le boulot. Et c'est sûrement pas par hasard.

— Ouais. Avant, les As noirs étaient envoyés quand il risquait d'y avoir de la casse sur un territoire ou quand un secteur se mettait à déconner.

— C'est bien ce qui se passe ici. En tout cas, j'aimerais le voir avec nous en ce moment.

— Tu sais, je m'demande...

— Ouais ?

— Je m'demande si en fait il aurait pas été envoyé pour nous espionner. Ces grosses têtes se méfient de tout le monde.

Lorenzi ricana :

— Sois pas parano, Harry. Tu devrais plutôt vérifier si les lumières fonctionnent bien. T'as ta radio ?

Harry tapota la poche de sa veste de cuir.

— La radio à droite, le calibre à gauche.

Le chef d'équipe lui fit un clin d'œil et s'apprêtait à pousser la porte de la maison quand des phares éclairèrent la cime des arbres en direction du chemin qui reliait les installations à la route. Il y eut bientôt un bruit de moteur et les phares illuminèrent le hangar avant de s'éteindre.

— C'est Max avec ses hommes, dit Harry.

— Heureusement que ce sont pas les poulets, ironisa Lorenzi. T'as trouvé ça tout seul ?

Une Buick commençait à déverser sa cargaison d'*amici*, à une vingtaine de mètres d'eux. Cinq gorilles armés de riot-guns et d'une mitraillette Thompson.

Mario Lorenzi soupira. D'un coup, il se sentait plus tranquille.

L'Exécuteur s'était engagé sur les traces du second véhicule de mort, lui laissant un peu d'avance pour éviter de se faire repérer. Il fallut un certain temps pour parcourir les dix kilomètres restants et il faillit rater la bifurcation.

D'après le plan grossièrement dessiné par Simonetti, le relais des *amici* était situé peu après l'embranchement avec Crystal Lake Road. San Gabriel Canyon continuait sur la droite en se transformant en une chaussée étroite et à peine repérable.

Il y avait des traces fraîches de pneus sur l'asphalte boueux. Le terminus n'était qu'à trois cents mètres. Il y déboucha, roulant à basse vitesse, décrivit un cercle qui lui permit d'examiner l'ensemble des lieux dans la lumière de ses phares.

C'était visiblement une ancienne ferme. Il y avait une maison d'habitation basse et délabrée rattachée à ce qui ressemblait à une étable, et un grand hangar de l'autre côté d'une étendue plate envahie par la mauvaise herbe. Un enclos avait dû exister à une époque, mais il n'en restait que quelques piquets de bois à moitié pourris et des fils de fer barbelé emmêlés. Plus loin, Bolan avait pu entrevoir un grand champ plat qui paraissait s'allonger très loin. L'Oldsmobile et une grosse Buick avaient été garées à l'amorce de l'esplanade.

Poursuivant son arc de cercle, il vint ranger doucement la Caddie blanche à dix mètres de la maison devant laquelle se tenaient deux types. Il avait déjà vu l'un d'eux sur la route, un occupant de l'Oldsmobile. L'autre lui était inconnu.

Un groupe électrogène ronronnait quelque part en sourdine. Eteignant les phares, il sortit avec décontraction du véhicule et s'approcha des porte-flingues qui avaient les yeux fixés sur lui.

— Où est Mario ? leur demanda-t-il.

— A l'intérieur, répondit l'un d'eux.

— Va me le chercher.

Le *soldato* poussa la porte et Bolan en profita pour jeter un coup d'œil à l'intérieur.

Plusieurs mafiosi étaient en train de discuter assis autour d'une table, fumant et sifflant des boîtes de bière.

Lorenzi se pointa tout de suite.

— Ça fait plaisir de vous revoir, Manny, lâcha-t-il tout de go avec un large sourire.

Bolan le refroidit immédiatement :

— Combien as-tu placé de sentinelles ?

— J'ai mis un gars à l'entrée de la piste, bien planqué.

— C'est tout ?

— Il n'y a pas d'autre issue.

— J'ai repéré tout de suite ton gars bien planqué en arrivant, renvoya Bolan. Tu veux un conseil ? Envoie trois ou quatre hommes en surveillance. Mets-en un en renfort au début du chemin, un autre à l'entrée du hangar et un autre encore près des bagnoles, là-bas.

— Si vous pensez que c'est nécessaire...

— Ça l'est. On ne prend jamais trop de précautions, d'autant plus que j'ai eu des nouvelles.

— Ah ! Quelles nouvelles ?

— Pas bonnes du tout. Ils ont repéré la combinaison près de Wilderness Park. Tu vois où c'est ?

— Heu, je crois que c'est pas loin de Valley Center.

— Ouais. Et c'est pas loin d'ici non plus. Il se pourrait qu'il ait l'idée de venir fourrer son nez dans le coin en passant par Glendora Mountain Road.

— Merde ! C'est possible en effet, admit le chef d'équipe. Vous avez sans doute raison, j'm'occupe de ça.

Il disparut un instant à l'intérieur et harangua quelques hommes qui sortirent en ronchonnant, les armes à la main. L'Exécuteur s'était placé bien en vue. Dès qu'ils eurent reçu des consignes, ils s'éloignèrent chacun dans une direction différente. Bolan les regarda se fondre dans la nuit.

Lorenzi soupira :

— Bon sang ! J'ai hâte que cette foutue nuit soit passée. C'est pas que j'aie la trouille, mais y a rien de plus con que d'attendre comme ça.

— Pas de nouvelles du convoyage ?

— Rien. S'ils n'appellent pas, c'est qu'ils sont dans les temps. De toute façon, ils avertiront au moins cinq minutes à l'avance pour qu'on allume les phares.

Pas un muscle ne bougea dans le visage de

Bolan, mais un petit déclic se fit en lui. Un détail ne correspondait pas à ce qu'il avait envisagé.

— Tu m'avertiras, fit Bolan. Je vais faire un tour pour renifler un peu l'air.

— Faites gaffe.

— Te casse pas pour moi.

Le plantant près de la maison, il se mit à marcher en direction du hangar. Il était 5 h 45. Dans quelques minutes il devrait déclencher son blitz. Mais auparavant il lui fallait découvrir très vite ce qui clochait dans l'idée qu'il s'était faite de la situation. Quelque chose avait sonné faux dans une réplique de Mario Lorenzi. Et ce quelque chose pouvait avoir une conséquence funeste pour l'Exécuteur.

CHAPITRE XV

Bolan inspecta rapidement le grand entrepôt métallique ainsi que le camion GMC. Rien ne lui parut anormal, mais il éprouvait un sentiment de malaise à mesure que les secondes s'écoulaient.

La sentinelle se tenait dans l'ombre, immobile à un angle du bâtiment. L'Exécuteur s'arrêta devant lui et l'observa. C'était un des *soldati* de la seconde équipe.

— Est-ce que quelqu'un est entré ici ? lui demanda-t-il.

Le gars secoua la tête.

— Pas depuis que je suis là.

— Ne laisse passer personne sans mon ordre ou celui de Mario. C'est compris ?

— C'est bien compris, m'sieur.

Dépassant la position, l'Exécuteur se dirigea vers les deux véhicules placés en bordure du champ et dans son axe. L'obscurité était profonde, mais ses yeux s'y étaient accoutumés, suffisamment en tout cas pour qu'il puisse maintenant distinguer les limites du terrain.

Lorsqu'il avait obligé Simonetti à se mettre à table, celui-ci lui avait parlé d'un camion. Or, un camion ne pouvait arriver ici que par le chemin de terre que Bolan avait lui-même emprunté. Alors pourquoi acheminer un tel véhicule avec son « chargement » pour le faire redescendre ensuite vers Los Angeles ? C'était illogique. Illogique et dangereux.

En plus, un camion était déjà dans le hangar, vide et apparemment en attente d'être utilisé. Qu'est-ce que cela signifiait ?

Autre chose encore préoccupait l'Exécuteur. La prairie qui s'étendait devant lui était visiblement entretenue. Sans doute avait-elle été passée récemment au gyrobroyeur. Il s'en était tout d'abord étonné sans pouvoir, bien sûr, en demander la raison à la racaille qui avait investi les lieux.

A présent, il ne se demandait plus à quoi pouvait servir ce champ. « Ils avertiront pour qu'on allume les phares », lui avait dit Mario Lorenzi !

Bolan eut un froid sourire en observant les deux véhicules disposés dans le même axe. La réponse était évidente !

Ce n'était pas un camion qu'on attendait, mais un avion. La prairie bien entretenue servait de piste d'atterrissage, et les phares de balise lumineuse. Le GMC dans le hangar était prévu pour acheminer ensuite la « cargaison » vers Los Angeles.

Il ne s'agissait évidemment pas d'un petit avion de tourisme mais d'un transporteur pouvant contenir au moins trente passagers plus une équipe d'encadrement. Oui, vu ainsi, tout se tenait. Mais ça n'arrangeait pas l'Exécuteur qui allait devoir modifier son plan en catastrophe.

L'appareil allait donc faire une approche basse en se repérant sur le double faisceau de phares et arriver en finale à ras d'une rangée d'arbres qu'il voyait se profiler environ trois cents mètres en amont de la prairie. L'atterrissage par lui-même ne devait pas poser de problème. Les voitures étaient suffisamment écartées l'une de l'autre pour laisser un large passage. Il fallait quand même une bonne expérience pour réaliser une telle approche de nuit dans une région montagneuse, et surtout être habitué à la manœuvre.

Bolan se demanda combien de transports de la sorte avaient abouti sur ce terrain d'atterrissage de fortune, combien de gosses avaient été amenés là, comme du bétail, pour le plaisir d'une foule de détraqués mentaux.

Il avait repéré le mafioso que Lorenzi avait envoyé sur son initiative pour surveiller les véhicules. Il l'aborda sans se dissimuler.

— Tu as une radio? lui demanda-t-il.

Le gars plaça la main sur un transceiver accroché à sa ceinture. Un fusil à pompe était suspendu à son épaule par une bretelle.

— O.K., fit Bolan en le contournant souplement pour lui passer un garrot autour de la gorge.

La corde de Nylon s'incrusta dans ses chairs,

lui coupant aussitôt la respiration et il fut soulevé du sol tandis que ses jambes se mettaient à gigoter frénétiquement dans le vide. Bolan coucha ensuite sa proie dans l'herbe humide tout en maintenant la tension. La sentinelle mourut sans avoir émis le moindre bruit, la plus petite plainte. L'Exécuteur le délesta du transceiver qu'il empocha, ainsi que du riot-gun qu'il déposa sur la malle arrière de la Buick.

Le coup d'envoi était donné. Si aucun impondérable ne survenait, Bolan estimait qu'il pouvait se rendre maître de la situation en trois ou quatre minutes. C'était tout juste suffisant.

Mais avant de poursuivre le nettoyage du terrain, il fallait alerter Jack Grimaldi pour lui signifier le changement de plan. Saisissant son téléphone portable, il en régla le son au minimum et composa un numéro qu'il connaissait par cœur.

— Je t'écoute, entendit-il instantanément.

Malgré la réduction du volume sonore, la communication était meilleure que sur la route, sans doute était-ce dû à la position élevée des lieux.

— Ouvre tout grand ton oreille, Jack, je n'aurai pas le temps de répéter. C'est un contrordre. Tu vas rappliquer ici plein pot. Prends par San Gabriel Canyon jusqu'à Crystal Lake Road. Tu me suis ?

— Affirmatif. San Gabriel Canyon jusqu'à Crystal Lake Road. Ensuite ?

— A partir de l'embranchement, il y a sur la

droite un petit pont de pierre qui enjambe une rivière. Tu le traverses. L'objectif est trois cents mètres plus loin. Une ancienne ferme avec un champ qui sert de piste d'atterrissage.

— O.K! répliqua le pilote. Je vois pourquoi tu as besoin de moi là-haut.

— Fais gaffe en arrivant. Si je rate mon coup, tu risques de tomber sur un os.

— J'en tiendrai compte. Je croise les doigts.

— Traîne pas.

— T'inquiète! Bon, je taille la route.

Bolan rangea le radio-téléphone et dirigea ses pas vers l'extrémité opposée de la clairière. Parvenu à proximité du chemin qui s'enfonçait sous le couvert des arbres, il sifflota et attendit, se tenant bien en évidence. Ce fut la sentinelle envoyée en renfort qui se montra en premier, un petit trapu à la face taurine.

— Rien de spécial? lui dit-il sèchement.

— Rien du tout. A part qu'on se les gèle.

— Tu n'auras plus longtemps à attendre. Où est l'autre?

— Sous les deux arbres, là-bas, répliqua le mafioso en désignant une direction du menton.

Bolan lui fit un signe de la tête et nota la position qu'il reprenait. Son copain venait de faire quelques pas hors de son couvert. Il s'en approcha, le repoussa gentiment dans l'ombre et le supprima proprement de la même manière que la première sentinelle.

Quarante secondes plus tard, il repartait vers le hangar, laissant derrière lui un cadavre supplémentaire.

Le surveillant en faction près de l'entrepôt n'avait pas bougé de la position où il l'avait laissé quelques instants plus tôt. En voyant revenir celui qu'il croyait s'appeler Manny, il tenta de dissimuler une cigarette dans le creux de sa main et prit un air décontracté. Une balle silencieuse le décontracta complètement en lui traversant la cervelle de part en part et il s'affaissa mollement.

L'Exécuteur n'avait plus beaucoup de temps pour terminer le travail. Une demi-douzaine de crapules restaient encore à supprimer. Ceux-là étaient entassés dans la maison à discuter et à boire de la bière comme des connards qu'ils étaient. A part Mario Lorenzi qui se tenait à l'extérieur, les fesses posées sur le coffre de la Cadillac, un radio-téléphone collé à l'oreille.

Bolan s'arrêta dans l'ombre à quelques mètres de là, tendit l'oreille et se dit qu'il était arrivé à point nommé.

— Pourquoi est-ce que tu appelles, Sam ? On avait décidé que... Ouais... Quoi, qu'est-ce que tu dis ?...

Il y eut un silence de quelques secondes puis Lorenzi s'exclama :

— Quoi ? Joss serait mort ?... Attends, attends, ça colle pas du tout ! Je... Merde !... Non, attends ! Manny est ici avec sa bagnole et...

Bolan jugea que le moment était venu d'intervenir. S'approchant carrément du chef d'équipe, il lui posa une main sur l'épaule.

— Passe-moi ce con, Mario.

Lorenzi sursauta puis lui jeta un regard où se lisait soudain un doute affreux. Il se dégagea et fit un bond en arrière.

— Attendez, Manny ! C'que je viens d'entendre colle pas, je veux m'assurer que vous êtes bien ce que vous dites !

— Comme tu veux, renvoya l'Exécuteur en lui faisant péter le crâne d'une ogive de 9mm.

Le radio-téléphone tomba sur le capot de la Caddie avec un bruit métallique à l'instant précis où un type ouvrait la porte de la maison. La lumière de l'intérieur s'étala jusqu'au véhicule et éclaira la scène. Un court instant, le truand resta interloqué. Puis ses yeux s'agrandirent et il lança vivement sa main vers le revolver qu'il portait dans un holster. Le Beretta était déjà en ligne et crachait méchamment une pastille qui atteignit le gars en pleine face et le rejeta à l'intérieur.

C'était fini de jouer en souplesse. Bolan se pencha dans l'habitacle de la Caddie pour attraper le micro-Uzi dont il déverrouilla la sécurité et appuya aussitôt sur la détente, dirigeant une première rafale dans l'ouverture de la porte puis à travers la fenêtre.

Une clameur s'éleva tandis qu'un corps criblé de balles se mettait à tressauter dans un giclement de sang. La table au milieu de la pièce se renversa brutalement sous la poussée de deux hommes qui essayaient de s'en faire un abri. Bolan poursuivit l'arrosage meurtrier, se déplaçant pour changer son axe de tir jusqu'à ce que la culasse claque à vide.

Deux secondes plus tard, il avait engagé un chargeur plein dans le petit P-M et courait jusqu'à la façade délabrée. Plusieurs coups de feu pétaradèrent depuis l'appui de fenêtre. Ayant estimé la position du tireur, il expédia une giclée de balles qui fut suivie par un cri et un fracas de verre. En quelques bonds, Bolan atteignit l'entrée de la maison qu'il arrosa d'une courte rafale avant de plonger à l'intérieur.

Deux corps gisaient près de la fenêtre, du sang s'écoulant de nombreuses plaies. Un autre était étalé de tout son long sur le dos, le visage et la gorge réduits en un magma sanguinolent, près d'un vieux bahut de bois aux vitres éclatées.

Mais le compte n'y était pas. Il y avait quatre *soldati* à l'instant où l'Exécuteur avait commencé à faire crachoter le mini-Uzi. Où était passé le pion manquant ?

Avisant une porte entrouverte au fond de la pièce, il visita une cuisine complètement délabrée comportant une sortie qui donnait sur l'arrière de la maison. La porte était ouverte et il n'était pas difficile de comprendre comment le rescapé avait disparu.

Vu la situation, il n'était pas question pour l'Exécuteur de se lancer à sa poursuite, d'autant plus que la radio se mit à crépiter dans la poche de son trench-coat. Une voix traînante lançait un appel :

— Sierra-Golf de Black Bird !... Sierra-Golf de Black Bird !...

— On vous écoute, Black Bird! renvoya Bolan.

— On est en approche IMC à moins de trois minutes. Vous pouvez allumer les projos!

— O.K. Dans trente secondes.

— En plus de la cargaison habituelle, on a dû emmener une bonne femme avec nous.

— Comment ça?

Il y eut un ricanement.

— On l'a pas encore butée, on s'est juste un peu amusés avec elle. Si ça vous dit, on vous laisse le boulot.

— Expliquez-vous! cracha l'Exécuteur.

— C'est une connasse qui nous est tombée dessus au moment où on embarquait. Un flic de merde!

— Bon. Posez-vous.

— D'accord, on arrive!

Bolan ôta son trench-coat pour avoir une meilleure liberté de mouvement et accrocha le transceiver à son ceinturon de combat, le laissant sur écoute. Puis, quittant la maison en ruines, il partit au pas de course en direction de la piste improvisée. Branchant les phares des deux véhicules, il se mit ensuite à courir le long du champ en se tenant le plus possible à l'écart des faisceaux lumineux qui délimitaient la zone d'atterrissage. Deux cents mètres plus loin, il s'arrêta, s'accroupit contre un taillis et se tint en attente. Déjà, un bruit de moteur rompait le silence de la nuit.

Brusquement, une voix précipitée sortit du transceiver :

— Tirez-vous, on se l'est fait mettre dans le cul ! Foutez le camp, putain de merde !

Les mâchoires de Bolan se contractèrent. Le soldat de la mafia qu'il avait manqué s'égosillait dans la radio, sans doute planqué à la périphérie du terrain. Reprenant son transceiver, il cracha :

— Quel est l'abruti qui déconne sur cette fréquence ?

Il manœuvra ensuite plusieurs fois le bouton d'émission pour simuler des tentatives d'appel puis enchaîna d'une voix différente :

— Frankie, chef ! Il s'est camé à mort !

Puis :

— Neutralisez-moi ce con, nom de Dieu ! hurla-t-il dans l'appareil. Vous entendez ?

Tout de suite après, le type dans le DC-3 questionna sur un ton fébrile :

— Sierra-Golf ! Qu'est-ce qui se passe ?

— Vous cassez pas, Black Bird, renvoya l'Exécuteur. Un de nos gars s'est shooté, on contrôle la situation.

— Putain ! Vous êtes sûr ?

— Ouais, ouais, ça baigne. Maintenant, je veux le silence radio complet jusqu'à nouvel ordre !

Puis, appuyant en continu sur le bouton d'émission pour bloquer la fréquence, il se tint aux aguets.

Le ronflement de moteur se fit soudain tout proche et Bolan aperçut une grosse masse allongée qui débouchait au-dessus des arbres.

Tout allait à présent se jouer sur sa rapidité

d'exécution. La fausse note qu'il craignait s'était fait entendre. Il en avait provisoirement neutralisé les effets grinçants, mais rien n'était gagné encore. Bon Dieu, non ! Il serra les dents en songeant aux enfants entassés dans la carlingue, qu'une bande d'ordures envisageait de vendre ou de louer à des dégénérés de la pire espèce.

Il n'était pas question de rater l'opération !

CHAPITRE XVI

L'avion était un bi-moteur DC-3. Bolan en avait distingué les formes caractéristiques quand il était entré dans les faisceaux lumineux. Un appareil qui avait fait son temps mais capable de se poser sur un terrain comme celui-là et n'exigeant pas une longue piste. Il entendit le choc mou des roues sur le sol herbeux et suivit la course de l'appareil dont le pilote devait déjà être en train d'actionner les freins.

Le DC-3 parvint à la limite d'éclairage des phares puis manœuvra pour un demi-tour, remontant vers les véhicules. D'une détente, l'Exécuteur reprit sa course sur un axe parallèle pour diminuer la distance qui le séparait de l'appareil, restant soigneusement dans l'ombre. Le pilote ne devait d'ailleurs pas être en mesure d'apercevoir grand-chose devant lui dans la lumière éblouissante.

Bientôt, le DC-3 ne fut plus qu'à une cinquantaine de mètres. Bolan se laissa dépasser et s'immobilisa.

— Sierra-Golf ! Arrêtez-vous et attendez,

lança-t-il dans le transceiver qu'il continua ensuite de bloquer en mode émission.

Aussitôt après, il se lança dans une foulée rapide vers l'appareil. Il l'atteignit alors que la grosse masse vrombissante stoppait dans un gros couinement de freins, reçut le flux de l'air encore brassé par les hélices et se plaqua contre la carlingue.

Un portillon s'ouvrit bientôt, s'abattit d'un coup et une silhouette épaisse apparut prudemment, se découpant devant l'éclairage jaunâtre de l'habitacle. Sans hésitation, Bolan lui logea une balle chuintante dans la tête et l'attrapa par un bras pour guider sa chute vers le sol. Puis il sauta à l'intérieur, englobant d'un coup d'œil ultra-rapide le tableau qui se présentait.

La carlingue ne comportait aucun siège, seulement un bas-flanc métallique de chaque côté, où étaient entassés une trentaine de gosses ainsi qu'une femme au chemisier en loques et apparemment blessée à la poitrine.

Alors que l'Exécuteur longeait l'allée centrale pour rejoindre le poste de pilotage, un type débraillé en sortit, un revolver à long canon à la main.

— Qu'est-ce que tu fous, Lonny? brailla-t-il. Tu...

Il sursauta violemment en apercevant la grande silhouette noire, pointa son arme et tira aussitôt. Le projectile s'enfonça dans la tôle, tout près de la tête de Bolan qui riposta immédiatement. Mais le mafioso s'était brusquement baissé et la balle ne l'atteignit qu'à l'épaule. Avec un grognement de fauve, il se jeta sur la jeune femme blessée, l'attrapant par les cheveux et la coinçant contre lui pour s'en faire un bouclier.

— Je la bute ! hurla-t-il. J'te jure que je la bute si tu jettes pas ton calibre, enfoiré !

Le Beretta toussa de nouveau. Le front du buteur s'étoila de rouge et il émit un son aigu en mourant tandis que la fille le repoussait nerveusement pour se dégager.

Le pilote était en train de détacher précipitamment sa ceinture de sécurité quand l'Exécuteur fit irruption dans la cabine.

— Bouge pas.

— Merde ! Qu'est-ce que c'est que cette connerie ? Vous êtes dingue !

L'autre fit mine de quitter son siège.

— C'est mauvais, lui dit Bolan.

— Qu'est-ce qui est mauvais ?

— Moi.

Il avait reconnu sans erreur la voix traînante entendue dans le transceiver, lors du premier contact radio.

— J't'emmerde ! lâcha haineusement le type avec un geste obscène.

— Ça n'a plus d'importance, répliqua l'Exécuteur en lui faisant exploser la cervelle.

Il réduisit complètement les gaz sur les deux moteurs et coupa le contact aux magnétos. Puis, sans plus accorder d'attention au corps effondré en travers de son siège, il retourna dans la carlingue. La fille gémissait doucement, le regard flou, le visage marqué de coups. Elle n'était pas blessée à la poitrine, ainsi qu'il l'avait cru, mais au bras et elle avait du sang un peu partout. Quelqu'un lui avait placé un chiffon graisseux en guise de pansement.

La redressant, il lui demanda doucement :

— Avez-vous d'autres blessures ?

— Non... non, répondit-elle en grimaçant.

Elle fit un effort et son regard s'affermit.

— Ma blessure est surtout morale. Ils m'ont...

— Oui ?

— Plus tard... Ça ne sert plus à rien. Occupez-vous plutôt de faire évacuer ces enfants.

Tous les petits passagers du DC-3 se tenaient silencieux, recroquevillés le long des parois métalliques et leurs regards fixés avec crainte sur la grande silhouette noire. La fille reprit :

— Prévenez le district de...

Une voix étouffée l'interrompit, venant de la radio attachée au ceinturon de Bolan :

— Black Bird, est-ce que vous m'entendez ?... Répondez, bordel de merde ! Mais répondez !...

Il saisit l'appareil et répliqua, imitant la voix aux inflexions traînantes du pilote :

— Ouais, on t'entend. Qu'est-ce qui se passe, on nous a dit de tout stopper...

— Tous les autres se sont fait rectifier par le grand salaud. Faites vachement gaffe.

— Quel grand salaud ?

— La putain de combinaison noire. Il est sûrement pas loin de vous.

— T'es sûr ?

— Bon Dieu, oui ! Ce mec est pire que...

Bolan le coupa :

— Hé ! Panique pas, on fait gaffe. Où es-tu ?

— Près du hang...Heu, j'suis bien planqué. Je vous en dirai pas plus, j'suis à peu près sûr qu'il écoute.

— O.K. Tiens-toi pénard, on va faire ce qu'il faut.

— Vous devriez pas bouger d'où vous êtes, souffla encore le mafioso en cavale. Du renfort va pas tarder à débarquer, j'ai passé un coup de fil...

— D'accord, reste tranquille.

Raccrochant l'appareil à sa ceinture, Bolan prit son radio-téléphone et pianota rapidement un numéro.

— Position ? fit-il brièvement dès qu'il eut Jack Grimaldi en ligne.

— Dans San Gabriel Canyon, renvoya le pilote. A dix ou douze bornes de toi, je crois.

— Active, Jack. Tu as ce qu'il faut ?

— Bien sûr. Le champ est libre, là-haut ?

— Oui, mais ça risque de se gâter dans pas longtemps.

— Compris. J'arrive.

Se tournant ensuite vers la fille blessée, l'Exécuteur demanda :

— Vous tiendrez le coup ?

— Je me sens plutôt faiblarde, mais ça ira. Vous êtes Mack Bolan...

Ce n'était pas une question.

— Oui, répondit-il sans détour. Restez tranquille, j'ai encore un peu de ménage à faire.

Il gagna le portillon d'accès, scruta un instant les alentours et se laissa tomber au sol, courant aussitôt pour traverser la bande éclairée par les phares. Dès qu'il se trouva dans l'obscurité, il s'orienta et partit à grandes foulées silencieuses vers le hangar.

Aux trois quarts du trajet, il ralentit et fit un détour pour rejoindre l'installation en tôle par l'arrière, s'arrêta et s'accroupit en reprenant le transceiver.

— T'es toujours là ? fit-il dans un souffle.

L'*amici* répondit après un temps de silence :

— Ouais. Je bouge pas de mon trou.

— Tu serais pas Harry ?

Bolan avait entendu Mario Lorenzi appeler ainsi un de ses hommes. Et celui-ci ne figurait pas parmi les *soldati* qu'il avait éliminés.

— Hein ? Comment tu sais ça, on s'est déjà rencontrés ?

— J'crois pas. Mais le mec qui nous a appelés au début a dit qu'il était Harry.

— Quoi ? C't'enfoiré se fait passer pour moi ?

L'Exécuteur avait tendu l'oreille et il lui avait semblé entendre la voix du type autrement qu'à travers la radio, à une distance relativement proche. Doucement et silencieusement il progressa dans cette direction, s'aplatit dans l'herbe humide et renoua le dialogue dans un souffle :

— Dis, je pense à quelque chose...

— Oui, je t'écoute.

— Est-ce que tu serais pas le connard à la combinaison, par hasard ? Est-ce que t'essaierais pas de nous avoir ?

— Tu dérailles !

Cette fois, il fut certain d'avoir perçu la réponse en direct. Cela venait d'un taillis près d'un vieux puits à la margelle à moitié effondrée.

— J'espère qu'on se trompe et que t'es bien Harry.

— Y a pas d'erreur.

Une nouvelle progression l'amena à moins de dix mètres du puits tandis que le mafioso poursuivait son monologue dans le vide.

— Heu, dis... Moi aussi, je pense à un truc. C'est bizarre, que ce sale con ne dégoise plus rien dans la radio. Qu'est-ce que t'en penses ?... Hé, je te cause. Tu m'entends toujours ? Merde ! Réponds... Où t'es ?

— Ici, fit sourdement la voix de Bolan. Derrière toi.

— Quoi ?

Dans un sursaut nerveux, le truand se retourna en pointant un gros automatique qui se mit à cracher illico, arrosant l'espace sur l'arrière de sa position. Mais les balles ne trouvèrent aucune cible et se perdirent en miaulant dans les ténèbres. Le visage déformé par la trouille et la rage, il vida le chargeur jusqu'à la dernière cartouche, élargissant son champ de tir.

Lorsque la culasse se bloqua en position arrière dans un claquement sec, il demeura un moment sans aucune réaction, hagard et les yeux fous. Puis il se mit à hurler :

— J't'ai eu, enculé ! J'te l'ai mis bien profond ! T'entends ?

— Oui, je t'entends, fit de nouveau la voix d'outre-tombe tout près de lui.

Et le mafieux sentit le contact glacé d'un canon qui s'appuyait contre sa nuque.

— Tu aurais dû économiser tes munitions, Harry.

Harry n'arrivait plus à respirer. Il se sentait paralysé des pieds à la tête.

— Qui as-tu appelé en ville ?

D'un coup, le petit truand se sentit libéré de sa trouille abjecte, aspira l'air comme un damné et se mit à glapir :

— Va te faire foutre, pédé, j'te dirai rien ! Tu peux me buter, ça changera que dalle, ils vont te faire la peau, Bolan de mon cul ! Ces mecs de Pasadena sont de sacrés durs, des mecs vachement coriaces qui vont te faire exploser la gueule ! C'est râpé pour toi, tu comprends ? T'es foutu, connard, complètement foutu.

— Merci pour le renseignement, fit Bolan en caressant la détente du Beretta qui fit entendre un méchant petit soupir.

Le renfort venait donc de Pasadena. Ça laissait une petite marge de temps à Grimaldi pour arriver sur le terrain, et à Bolan pour organiser une réception.

CHAPITRE XVII

L'Exécuteur repartit vivement en direction du DC-3, retrouva la jeune femme dans la position où il l'avait laissée. Elle semblait avoir repris un peu de forces.

— Qu'avez-vous été faire? le questionna-t-elle.

— J'ai fait taire le bavard.

— Comment ça?

Avec un sourire, il lui demanda :

— C'est vous le flic?

— Oui. Vous avez un téléphone portable, vous devriez prévenir immédiatement la direction du district. Je vais vous indiquer le numéro. Mon nom est Jane Kimball.

— Vos copains policiers arriveraient trop tard. Une bande de hit-men est déjà en route.

— Comment êtes-vous au courant?

— Aucune importance.

— Bon sang, qu'envisagez-vous de faire?

— Rien dans l'immédiat. J'attends un ami, après nous y verrons plus clair.

Avisant le cadavre du mafioso près de la fille,

il l'attrapa par les pieds, le traîna jusqu'au portillon et le fit basculer à l'extérieur. Puis il se débarrassa des deux autres corps de la même façon.

— Ecoutez, l'interpella-t-elle quand il fut de retour, passez ce coup de fil, ils enverront rapidement un hélicoptère avec une équipe spéciale. Je suis un agent du FBI et je peux...

— Economisez vos forces, Kimball. Je ne veux pas d'un hélicoptère.

— Oui, bien entendu, je comprends votre point de vue ! s'écria-t-elle brusquement. Le grand Mack Bolan ne veut surtout pas être confronté aux autorités policières et se fiche pas mal de la sécurité de ces enfants... Regardez-les ! La plupart d'entre eux ont fait plusieurs milliers de kilomètres à bord de véhicules de toute sorte avant d'être embarqués dans cet avion. On les a fait coucher dans des taudis infects et ils n'ont presque rien mangé depuis plusieurs jours. Et tout ça pour quoi ? Pour qu'en définitive le grand héros, le soi-disant défenseur des opprimés, les expose à une fusillade dans laquelle la plupart d'entre eux risqueront d'être blessés ou tués. C'est ça que vous voulez ? Dites-le-moi clairement, monsieur le justicier...

Bolan ne lui répondit pas, préférant la laisser vider son sac jusqu'à ce qu'elle recouvre le contrôle de ses nerfs. Le regard qu'il promenait autour de lui le renseigna sur la situation, lui fit comprendre à quel point elle avait raison. Tous ces gosses avaient dépassé le stade de la peur et affichaient une résignation qui lui serrait le ventre. Leur regard fiévreux en disait long sur leur état général. Le plus âgé devait avoir onze ou douze ans.

— Est-ce que ça ne vous émeut pas un tout petit peu ? Etes-vous complètement insensible derrière cette combinaison sinistre, et ne comprenez-vous pas ce qu'il faut faire ?

Elle se tut aussi subitement qu'elle avait commencé.

— Ça va mieux, maintenant ? lui demanda-t-il gentiment.

— Ça ira mieux quand je les saurai en sécurité, soupira-t-elle. Maintenant, dites-moi ce que vous comptez vraiment faire.

Bolan défit doucement le chiffon entortillé sur le haut du bras de l'agent du FBI. La blessure n'était pas très grave mais avait beaucoup saigné. Une balle avait traversé le muscle de part en part sans toucher l'os. Tirant d'une poche de sa combinaison une petite trousse d'urgence, il nettoya la plaie et entreprit de faire un pansement.

— Ils seront partis d'ici avant l'arrivée de la racaille, assura-t-il. Vous aussi.

— Avez-vous au moins un plan ?

— Oui.

— Mais vous ne voulez pas en parler ?

— Ça ne servirait à rien. Vous, dites-moi plutôt ce qui vous est arrivé. Comment vous êtes-vous laissée piéger ?

— Ils me sont tombés dessus à Prescott. J'avais filé un de leurs véhicules jusqu'au terrain privé d'où a décollé ce DC-3. C'était une sorte de centre de regroupement où convergeaient les arrivages venant de plusieurs Etats.

— Prescott en Arizona?

— Oui. J'avais demandé du renfort par radio mais j'ai commis une erreur en m'approchant trop, il y avait un type de garde que je n'avais pas vu. J'ai pris un bon coup sur la tête et je me suis réveillée dans l'avion qui avait déjà pris son envol. Le salaud qui vous a tiré dessus quand vous êtes arrivé était en train de me tripoter les seins tout en rigolant avec un autre. Ensuite...

Elle hésita avant de poursuivre d'une voix rauque :

— Ils m'ont violée à tour de rôle, plusieurs fois. Devant les enfants et avec toutes sortes de commentaires ignobles. Le plus dégueulasse, c'était le pilote. J'ai vaguement compris que c'était un ancien Marine, une pourriture de militaire dévoyé. Trois fois de suite il a mis les commandes de l'avion en automatique et il est venu me frapper en m'insultant avant de me sauter dessus comme une bête.

Esquissant une petite grimace, elle ajouta :

— Voilà ce qui est arrivé à une gourde de femme flic un peu trop sûre d'elle.

— Comment avez-vous récolté ça? fit Bolan en désignant la blessure maintenant recouverte d'un pansement adhésif.

— Quand ils ont cessé de s'en prendre à moi, j'ai fait semblant d'être dans les vaps. J'ai essayé de m'emparer de l'arme d'un de ces salopards, mais j'avais présumé de mes forces... et des siennes. Il m'a rouée de coups et m'a tiré dessus en disant que la prochaine fois ce serait dans le ventre. Voilà... Et maintenant, vous comptez rester ainsi à attendre que quelque chose se passe ?

Bolan regarda sa montre. Grimaldi n'allait pas tarder, c'était une affaire de quelques minutes.

— Vous attendez réellement un ami ? questionna-t-elle. Je pensais que vous agissiez toujours en solitaire.

— Cet appareil a besoin d'un pilote pour reprendre l'air.

— Parce que vous voulez...

— Oui. Je ne tiens pas à ce que vous rencontriez les tueurs de la mafia en vous évacuant par la route.

— Tiens ! Vous êtes plus humain que je le croyais, affirma-t-elle en réussissant à sourire. Donc vous avez un ami pilote ?

— Il n'a rien à voir avec ce que je fais.

— Je pense que c'est faux. En tout cas, c'est forcément un complice.

— Ecoutez, Kimball, ne poussez pas trop. Si je suis venu au rendez-vous de ces ordures, ce n'est pas par plaisir. Je savais ce que j'allais trouver et je me suis débrouillé pour casser leur coup. Je suis encore sur place pour organiser votre sécurité et votre évacuation. Rien d'autre. Je ne vous demande aucun remerciement, mais seulement une certaine neutralité.

— Pardonnez-moi, soupira-t-elle. J'ai été stupidement agressive alors que je devrais vous témoigner de la reconnaissance.

— Vous avez des circonstances atténuantes, lui sourit-il à son tour. N'en parlons plus.

— D'accord. Merci quand même. Soyez sans crainte, je n'occasionnerai pas d'ennuis à votre ami pilote.

Il lui fit un clin d'œil puis dressa l'oreille. Un véhicule était en approche. Appuyant sur la touche « bis » de son portable, il établit une connexion.

— Où es-tu, Jack ?

— Sur le chemin pourri après le pont. Tu devrais entendre mon moulin.

— Affirmatif. Quand tu déboucheras sur le plateau, continue en direction de la lumière et rejoins le gros taxi.

— *Roger !*

Jane Kimball avait suivi attentivement le court dialogue.

— Vous faites le voyage avec nous ? questionna-t-elle.

— Non. J'ai encore un petit problème à régler sur place.

— Vous croyez n'avoir pas pris assez de risques comme ça ?

— On ne fait pas la guerre sans prendre de risques.

— Quelle guerre ? Nous sommes dans un pays civilisé !

— Bien sûr ! Et les anthropophages bouffent les gens civilisés. Vous ne vous en étiez pas aperçue ?

— Allez au diable, vous et votre guerre.

— C'est bien mon intention.

Presque en face d'eux, un gamin d'une dizaine d'années au visage défait se mordilla les lèvres et lança :

— M'sieur ! C'est vous qu'on appelle l'Exécuteur ?

Bolan attacha son regard au sien et il eut un serrement de cœur. Il pouvait lire dans ces yeux qui auraient dû être candides toute la détresse d'un monde oublié et qui ne subsiste que par l'instinct de conservation. Il avait devant lui un gosse de la rue, un enfant pour qui l'existence n'est qu'une survie de chaque instant, un petit être sans aucun espoir. Une proie facile pour la racaille de la *Cosa Nostra*. Il se dit qu'une société qui n'est plus capable de donner une place normale à ses enfants, de quoi se nourrir, dormir, qui les rejette au lieu de leur donner une chance de s'élever dans la vie normale, cette société-là est condamnée à brève échéance. Mais c'était ainsi et Bolan n'y pouvait rien sinon se battre jusqu'à ses dernières forces contre les immondes parasites qui pourrissaient chaque jour un peu plus la société des honnêtes gens.

— D'où es-tu ? lui demanda-t-il.

— D'Atlanta, m'sieur.

— Tu sais où tu es en ce moment ?

— En Californie, j'crois. Ces types disaient qu'ils voulaient m'emmener dans un camp de vacances où il y a plein de copains, que c'était super. Mais je sais que ce sont des salauds, on a vu ce qu'ils ont fait à la poulette... j'veux dire à la dame qu'est de la police.

— Tu étais seul à partir d'Atlanta ?

— Non, y a ma sœur.

Le gamin prit la main d'une petite fille recroquevillée à côté de lui.

— Je m'occupe d'elle. Je la protège, quoi... Vous savez, elle a seulement huit ans et c'est qu'une fille.

Jane Kimball intervint :

— On sait dans les grandes lignes comment ces truands opèrent pour caser ces gosses en toute légalité. Ils ont tout un réseau pour cela. Des fonctionnaires marchent avec eux moyennant des enveloppes confortables pour établir des papiers d'identité parfaitement en règle et trafiquent les registres des naissances. L'un d'eux s'est fait coincer à Tucson, mais son interrogatoire n'a rien donné. Celui qui lui demandait ce genre de services n'existe pas. En fait, tout est cloisonné, et les enveloppes sont tout bêtement déposées dans des boîtes aux lettres. On soupçonne également une ambassade d'un pays de l'Est d'être dans le coup pour fournir des identités étrangères en traficotant des décès. Des permis de séjour renouvelables ou des déclarations de tutelle prennent ensuite le relais. Il y a aussi toute une cascade d'hommes de paille qui se portent garants et qui alimentent la combine.

— Ça va plus loin.

— Je sais. Nous avons plus que des doutes sur certains personnages très en vue, mais on nous a dit : pas touche. Ils sont superprotégés.

— C'est ce qu'ils croient, rétorqua Bolan d'une voix glacée.

Il se redressa, caressa la petite tête blonde et eut un regard appuyé vers la jeune femme.

— Laissez un numéro de téléphone à Jack, lui dit-il.

— Pourquoi ?

Il haussa les épaules.

— J'ai une vague idée en tête.

— Ah ! Et... où Jack va-t-il nous conduire ?

— Pas très loin d'ici. Le vol ne durera que quelques minutes.

La gorge nouée, il lui adressa un petit signe, gagna le portillon d'accès et sauta au sol.

Un 4x4 était en approche, roulant à vive allure dans la prairie. Grimaldi le fit stopper à quelques mètres de l'avion et éteignit ses phares.

— J'ai croisé quelques macchabs, déclara-t-il en quittant le véhicule.

Puis, avisant les corps étendus dans l'herbe, il commenta :

— Dis donc, on ne peut pas dire que tu as chômé.

— Je n'avais pas de temps à perdre.

— C'est ce vieux clou que tu veux que je fasse voler ?

— Ouais. Il y a une trentaine de gosses à l'intérieur, plus un flic blessé. Tu pourras te poser sur le terrain de Fullerton ?

— C'est un aérodrome municipal, il ne devrait pas y avoir de problème, il est équipé en IFR. Que faut-il que je fasse après m'être posé ?

— Tu te dégages tranquillement. La fille que tu verras dans la carlingue s'occupera des formalités.

— C'est elle le flic ?

— Oui. Vas-y, Jack. La meute de chacals ne doit pas être loin.

— Et toi ?

— Je vais leur donner une petite fête. Qu'est-ce que tu as apporté comme matériel ?

— Ton gros .44, un combiné M-203 avec ce qu'il faut pour mettre dedans et du C-4.

— Ça ira.

— Bon Dieu ! Laisse tomber et grimpe dans ce taxi.

— Je ne veux pas rater l'occasion, rétorqua Bolan d'une voix lugubre.

— Ces mecs ne sont que du menu fretin.

— Peut-être, mais avec des mâchoires de cannibales.

— Tu comptes vraiment faire la grande lessive ?

— Tout ce que je pourrai nettoyer.

— T'es complètement givré.

— Ouais. Fous le camp, Jack ! Fais décoller ce zinc pendant qu'il y a encore du jus dans les batteries pour éclairer le terrain.

Grimaldi lui envoya un petit coup de poing dans l'estomac.

— Tâche de rentrer, hein !

— Je ferai le maximum, promit Bolan en se dirigeant vers le 4x4.

CHAPITRE XVIII

C'était un Bronco de couleur noire équipé avec d'énormes pneus tout-terrain. L'Exécuteur le fit démarrer et le lança en direction du chemin d'accès au plateau. Lorsqu'il l'eut atteint, il freina et coupa le contact, tendant l'oreille. Mais la nuit était silencieuse.

Un instant plus tard, il perçut le vrombissement des moteurs du DC-3 que Jack Grimaldi mettait en marche, manœuvrant ensuite l'appareil pour le placer en position de décollage.

Rapidement, Mack Bolan fit l'inventaire du matériel planqué sous de vieux cartons à l'arrière du Bronco. Puis il remit en route et franchit le pont sur la petite rivière. Un peu plus loin, il dissimula le 4x4 dans la forêt, préleva plusieurs charges d'explosif C-4 ainsi que des détonateurs et alla piéger le chemin d'accès. Il ne lui fallut que cinq minutes. Cinq minutes au terme desquelles se faisait déjà entendre un bruit sourd de moteurs en contrebas.

Accroupi sous le couvert de la forêt, le gros combiné de combat M-16/M-79 dans les bras, son

AutoMag accroché à son ceinturon, il se tint en attente. Bientôt, il perçut le grondement du bimoteur au décollage. Au moins, la précieuse cargaison était partie pour une destination plus hospitalière. Le ronronnement décrut assez vite vers le nord. Grimaldi allait ensuite effectuer un large virage pour revenir sur Los Angeles, évitant ainsi de donner l'éveil à la troupe mafieuse lancée en renfort.

Alors que le ronronnement du DC-3 devenait inaudible, il aperçut des lueurs de phares qui commençaient à lécher les arbres. Quelques secondes plus tard, il put compter trois voitures. Trois grosses caisses qui avançaient à basse vitesse, pare-chocs contre pare-chocs et dépassèrent sa position. Combien étaient-ils dans chaque véhicule ? Cinq ou six au moins, d'après les silhouettes sombres que l'Exécuteur distinguait vaguement derrière les vitres. En tout, une bonne vingtaine de tueurs.

Bientôt le convoi s'arrêta et deux hommes quittèrent la voiture de tête, s'avançant ensuite en petites foulées dans le chemin.

Prudents, les *amici* ! Ils envoyaient deux éclaireurs reconnaître le terrain pour prévenir une éventuelle embuscade. Deux *soldati* délibérément sacrifiés. Bolan les vit arriver dans la zone où il avait placé sa première charge explosive et l'un d'eux se prit le pied sur le mince fil tendu à quelques centimètres du sol. Un souffle brûlant et tonitruant projeta les deux malfrats en l'air, disloquant leurs corps et pulvérisant les vitres du véhicule de tête.

« Feu ! » gronda Bolan en appuyant sur la détente du M-79. Il y eut un « wooo » caractéristique au départ de la grenade et une seconde plus tard la voiture de queue fut la proie d'une boule de feu qui la souleva du sol et fit disparaître la malle arrière. Un deuxième projectile de mort percuta latéralement la voiture qui se trouvait devant, lui occasionnant encore plus de dégâts, puis le cortège de la mafia encaissa un pilonnage infernal, marquant les coups par d'horribles grincements de tôles, des cris et des hurlements.

Le véhicule en début de file avait eu plus de chance. Démarrant sur les chapeaux de roues dès l'éclatement de la première grenade, son chauffeur tentait d'échapper à l'attaque. Pare-brise éclaté, la limousine se lançait à tombeau ouvert sur le chemin violemment éclairé par l'incendie grandissant. Bolan la vit cahoter, lorsqu'une roue passa sur le cadavre d'un des deux éclaireurs, puis disparaître dans l'explosion de la seconde charge de C-4.

Quelques hommes avaient réussi à s'éjecter des autres carcasses avant qu'elles soient broyées, et tiraillaient en tous sens. L'Exécuteur leur fit entendre le chant de mort du M-16 en les criblant de projectiles de .223 tirés en rafales, leur expédia quatre autres grenades de 38 mm et encore deux chargeurs de .223.

Lorsque plus rien ne bougea sur le champ de bataille, il alla inspecter les restes fumants du convoi, un invraisemblable amas de ferrailles tordues et déchirées, en proie aux flammes, au milieu desquelles sourdaient quelques plaintes.

Bolan découvrit des corps allongés en tous sens, démembrés, couverts de sang et de brûlures. Deux d'entre eux gisaient sur le côté du chemin, à quelques mètres des flammes. Ceux-là n'étaient pas morts mais ne valaient guère mieux. L'un était coincé sous une épave qui lui avait broyé la poitrine, l'autre avait un bras arraché et son cou n'était qu'une horrible plaie.

L'Exécuteur se servit de l'AutoMag pour leur donner le coup de grâce, alla désamorcer et débrancher la troisième charge de C-4 devenue inutile, et rejoignit le Bronco.

Les premières lueurs de l'aube commençaient à apparaître au-dessus de la forêt. Il faisait froid et humide. Bolan préféra se rallonger en passant par Glendora Mountain Road. Cette seconde route était encore pire que celle de San Gabriel Canyon, mais il ne tenait pas à rencontrer des flics qui auraient pu avoir été alertés par le fracas des explosions. L'Exécuteur ne tirait jamais sur les hommes en bleu. Lorsqu'ils se trouvaient trop près de lui, il préférait les éviter ou tout simplement décrocher.

A mi-chemin, il vit un hélicoptère dans le ciel, un second un peu plus tard, convergeant lui aussi vers les lieux du sinistre. C'était bien ça. La police lançait ses effectifs. Les flics auraient de quoi s'occuper là-haut. Il se pouvait même que l'on croie pendant quelque temps à un règlement de comptes entre bandes rivales, ce qui pouvait donner un répit à Bolan. Mais il n'y comptait pas trop. Tout le monde parmi les policiers, les mafiosi et leurs gros complices bien dodus, avait compris que l'Exécuteur était à Los Angeles et qu'il y semait la panique.

Il avait revêtu un manteau de cuir par-dessus sa combinaison et s'était posé une casquette de sport sur la tête. A Glendora, il fit encore un détour pour rejoindre l'expressway San Bernardino. Le travail qu'il avait entrepris au début de la nuit n'était pas fini. La journée ne faisait d'ailleurs que commencer.

A 8 heures du matin, Diana Nicholson reçut un appel téléphonique dans sa chambre. Lorsqu'elle reconnut la voix de son correspondant, elle s'exclama :

— Dieu merci ! Vous êtes toujours vivant.

— Vous avez dormi ? s'enquit Bolan.

— Non. J'ai regardé la télé, on ne parle que de...

— Ne dites rien, la coupa-t-il. Commandez-vous un déjeuner et attendez.

— Que j'attende encore ?

— Ce ne sera pas trop long.

— Bon sang, plein de gens vous recherchent, c'est de la folie !

— Restez en stand-by, Diana. Je vous préviendrai dès que j'en aurai fini.

Un déclic marqua la fin de la communication.

— Dieu te protège, Mack Bolan, dit-elle doucement en raccrochant.

⁂

A 8 h 30, plusieurs coups de feu retentirent dans la propriété d'un certain James Cavendish, à Culver City. A l'arrivée des policiers, un voisin déclara avoir vu un homme de haute stature quitter tranquillement la villa attaquée, moins d'une minute après les premiers coups de feu. Trois cadavres furent découverts. Deux des hommes abattus appartenaient au milieu crapuleux de Los Angeles, ils étaient les gardes du corps du véritable propriétaire des lieux, un ancien proxénète de New York qui se servait d'un prête-nom comme paravent. Le troisième corps fut identifié comme étant celui de Lazare Gozzoli.

Vingt minutes après cette agression, Mack Bolan s'introduisit discrètement dans la résidence d'un ex-avocat de renom qui continuait de donner des cours de droit financier à l'université Fullerton. Il se heurta à un garde du corps qu'il attacha et bâillonna après l'avoir neutralisé d'un coup de crosse sur la tempe, et trouva le maître des lieux dans son bureau en train de passer des documents dans un broyeur. Le menaçant de son Beretta, il lui dit froidement :

— Les jeux sont faits, Nicholson. Il est trop tard.

Le septuagénaire lui jeta un regard sournois tout en continuant d'alimenter le broyeur.

— Qui êtes-vous donc ? Nous n'avons jamais été présentés.

— Vous savez très bien qui je suis. Et je sais exactement qui vous êtes

Les mains parcheminées et marbrées de taches brunes cessèrent de s'activer, tandis que le regard encore vif et plein de perversité se posait sur le visiteur.

— Oseriez-vous tirer sur un vieillard ?

— Sans la moindre hésitation, répliqua l'Exécuteur. Vous n'avez toujours été qu'une crapule déguisée en respectable citoyen. Et vous continuez d'opérer vos saloperies.

— C'est vous qui le dites, avança Frank Nicholson d'une voix qui ne tremblait pas. Vous n'avez aucune preuve.

Bolan jeta un coup d'œil sur l'appareil à broyer.

— J'ai toutes les preuves qu'il faut et elles sont en lieu sûr. Mais personnellement je n'en ai pas besoin.

La vieille fripouille aux cheveux blancs eut un ricanement de hyène.

— Que voulez-vous, jeune homme ?

— Vous le savez. Je vous donne deux heures.

— Deux heures de quoi ?

— Deux heures de vie.

— Tiens ! C'est très aimable. Puis-je savoir ce que vous voulez en échange de votre générosité ?

— D'abord, mettez vos affaires personnelles en ordre, notamment avec Diana Nicholson. Ensuite, allez avouer vos crimes à l'antenne locale du FBI.

Un sourire de gargouille fendit la face ridée.

— C'est une proposition intéressante. Donc, vous n'allez pas m'abattre ?

— Pas si vous respectez le marché.

— Bien. Que suggérez-vous en ce qui concerne Diana ?

— Faites-la enregistrer sur votre testament.

— Oh ! Si ce n'est que cela, ce n'est pas difficile. Elle figure déjà sur ce document, bien qu'elle l'ait refusé à une certaine époque.

— Montrez-moi ça. Ouvrez votre coffre et n'essayez pas un coup d'arnaque.

— Bien sûr, bien sûr, fit aussitôt l'avocat criminel, se déplaçant lentement vers un placard qu'il ouvrit pour accéder à un coffre encastré dans le mur.

Un instant plus tard, Bolan avait en mains quatre feuillets dactylographiés et paraphés, comportant le sceau d'un notaire de Los Angeles. Il les compulsa rapidement, vit que la part attribuée à Diana Nicholson se montait à trois pour cents du total de l'héritage. Le reste était attribué à plusieurs personnages qui étaient sans aucun doute des hommes de paille de la mafia.

— Corrigez ces papiers. Rayez les noms de vos pourris d'amis et portez les mentions légales dans la marge.

— Mais c'est impossible...

Frank Nicholson tressaillit en entendant le double cliquetis du chien qui se relevait sur la culasse du Beretta.

— Vous avez trente secondes, pas une de plus.

— Si vous me tuez, ça n'arrangera pas les affaires de ma petite-fille, vous savez.

Pour la première fois, sa voix était chevrotante.

— Bien..., finit-il par acquiescer.

Il fallut plus de trente secondes pour que l'immonde magouilleur apporte les rectifications demandées. Bolan l'obligea ensuite à faxer le document au notaire en titre, ainsi que quelques mots d'accompagnement confirmant la décision.

Bolan empocha ensuite les feuillets.

— Voilà, fit Nicholson. Vous êtes satisfait ?

— Ne vous croyez pas encore tiré d'affaire, le refroidit Bolan.

— Bien entendu... Vous avez eu un petit pincement au cœur en rencontrant Diana, hein ? C'est pour ça que vous êtes ici ? Avouez-le.

— Vous n'êtes même pas digne de prononcer son nom. Si je ne vous ai pas encore supprimé, c'est à elle que vous le devez.

— Diana a toujours été une petite-fille adorable. Parfois beaucoup trop naïve. J'avais essayé de lui faire comprendre certaines choses de la vie, mais il n'y a jamais rien eu à faire. Croyez-moi ou non, j'ai une grande affection pour elle.

— Allons donc ! C'est vous qui avez ordonné son enlèvement, vous saviez que vos complices l'élimineraient ensuite.

— J'y ai été contraint, cette décision m'a déchiré le cœur. Vous savez, jeune homme...

— Fermez votre bouche puante ! Et rappelez-vous que vous n'avez que deux heures pour respecter la seconde partie du marché. Si vous dérapez, je reviendrai vous liquider.

Maintenant, l'Exécuteur pouvait lire la peur dans les yeux de Nicholson.

— Vous me menacez comme si j'étais responsable de tout, articula ce dernier d'une voix caverneuse. Je ne suis pas seul en cause.

— La plupart de vos complices ont déjà payé. Votre ami le procureur est le prochain sur la liste.

L'avocat se laissa tomber dans son fauteuil et se prit la tête entre les mains.

— C'est surtout lui qui me tenait, avoua-t-il. Il avait un dossier sur moi, j'étais complètement ficelé.

— Quel dossier ?

— Au sujet du père de Diana.

— Votre fils ?

— Non, il n'était pas mon fils. Il avait épousé ma fille malgré mon désaccord. C'était un simple inspecteur de police, vous comprenez... Je me suis toujours opposé à ce que Diana porte le nom de ce minable, j'en avais les moyens.

— John Miller ?

Nicholson poursuivit comme s'il se parlait à lui-même :

— Il avait mis son sale nez dans des affaires très importantes et il était tout près de lancer une procédure contre certaines de mes relations. Il n'y avait pas d'alternative...

— On a organisé l'accident qui l'a tué, fit Bolan.

— Je ne savais pas que ma fille serait avec lui dans cette voiture. Je regrette.

L'avocat eut une sorte de hoquet et ses yeux se firent larmoyants.

— Eh bien... Je suppose qu'il vous faut une réponse maintenant.

— Non. La réponse, c'est à vous qu'il faudra la fournir, conclut Bolan. Débarrassez-vous des dés pipés, étalez le jeu au grand jour ou préparez-vous à crever.

Sans ajouter un mot, l'Exécuteur quitta le bureau. De la même façon qu'il s'était introduit dans les lieux, il sauta par-dessus le mur d'enceinte, à l'arrière de la propriété, parcourut une centaine de mètres et retrouva le Bronco.

Utilisant son téléphone portable, il établit une liaison avec Jack Grimaldi, eut un bref dialogue avec lui, puis quitta Bel Air en direction de son prochain objectif.

CHAPITRE XIX

Il était 10 h 15 quand Mack Bolan se présenta au domicile de Ronald Lipsky, une maison de style située dans Anaheim.

— Annoncez-moi au procureur, dit-il au domestique qui lui ouvrit la porte.

— M. Lipsky n'est pas ici. Vous le trouverez certainement à la Préfecture.

L'Exécuteur savait que le magistrat n'était pas à la Préfecture, ni au Palais de Justice, il s'était déjà renseigné. D'un hatémi sec contre la tempe, il assomma le domestique, l'attacha contre un radiateur, puis visita toutes les pièces de la grande demeure. Mais il ne trouva pas Ronald Lipsky. Celui-ci avait apparemment mis la clé sous le paillasson sans autre forme de procès.

Conduisant le 4x4 en direction de Huntington Park, il composa d'une main un numéro de téléphone à Santa Monica.

— Résidence Océane, lui annonça-t-on. C'est à quel sujet ?

— Passez-moi votre boss, dit-il sèchement.

— Heu, je ne sais pas si Monsieur est là en ce moment...

— Dites-lui que c'est de la part de son ami Ronald.

— Un instant.

Une douzaine de secondes plus tard, une voix cultivée vint en ligne :

— Je vous écoute.

— Il y a du nouveau, annonça Bolan. Les affaires tournent mal.

— J'en suis persuadé. Comme je suis certain que vous n'êtes pas Ronald.

Bolan ricana. Bien sûr, Ronald Lipsky avait eu tout le temps d'échanger quelques coups de fil avant de disparaître.

— Qui êtes-vous ?

— Vous ne vous en doutez pas ?

— Non, vraiment pas.

— Faites un effort, monsieur le Président. La source est tarie, il n'y aura plus de fraîche à recevoir. Vous feriez bien d'aller passer quelques vacances, je vous propose le Paraguay, il paraît que le temps y est au beau fixe en ce moment.

— Ecoutez, je ne comprends rien à ce que vous dites. Tout cela est insensé.

— Aussi insensé, peut-être, que vos relations avec la secte Moon et les conférences que vous y donnez en échange d'enveloppes bien gonflées ? Tout le monde est maintenant au courant de ça. Le reste suivra.

— Vous êtes fou ! Qui que vous soyez, je vous somme de cesser vos divagations.

— Cessez plutôt celles qui vous lient avec certaines grosses têtes de la mafia et de la pourriture politicienne. J'ai rayé votre grand ami le sénateur David Hollenberg et j'hésite encore en ce qui vous concerne. Profitez-en.

— Je n'ai pas envie de discuter avec un criminel, fit sèchement la voix dans l'appareil.

— Ça ne m'emballe pas non plus de discuter avec vous. Un dernier conseil, monsieur le Président : oubliez les petits garçons et les petites filles, j'en ferai peut-être autant en ce qui vous concerne.

Bolan coupa la communication. Il n'était plus loin de Huntington. Bientôt, il quitta le Santa Ana Freeway et s'orienta vers le lieu de son rendez-vous.

Trois personnes l'y attendaient. Un agent féminin du FBI, un juge d'instruction et un ex-magistrat rendu infirme pour avoir osé contrecarrer un racket de la mafia.

Entrant dans le petit pavillon au mobilier sobre, il éprouva tout de suite l'impact de trois paires d'yeux qui s'attachaient à lui. Mais ces regards-là n'avaient rien de désagréable, au contraire. Il en ressentait toute la chaleur et quelque chose qui ressemblait à du respect et de la reconnaissance.

Dans le living, Diana Nicholson vint à sa rencontre et l'embrassa spontanément sur la joue. Puis, un peu gênée, elle dit :

— Je pense qu'il est inutile de faire les présentations.

L'homme qui se tenait sur une chaise roulante

avait peut-être quarante ans, ou moins. Ses jambes étaient paralysées à la suite d'une rupture de moelle épinière due à un coup de barre en fer sur les reins. Il portait également une longue cicatrice en travers d'une joue.

— Bryan Shepard a tenu absolument à vous rencontrer, Mack, expliqua Diana.

L'homme au visage émacié ne détachait pas son regard de celui de Bolan.

— Officiellement, déclara-t-il, je ne peux pas approuver ce que vous faites.

Il eut ensuite un large sourire.

— Mais humainement, je suis de tout cœur avec vous. Diana m'a fait part de...

— N'en parlons plus, voulez-vous ? l'interrompit l'Exécuteur. Je ne suis pas venu pour recevoir des compliments. J'ai entendu dire que de votre côté vous avez fait un travail important contre les *amici*.

— Mais nous ne pouvions exploiter les documents que nous avions réunis.

— Ils sont maintenant exploitables. Vous pourrez lancer à fond la procédure, Diana.

Un peu nerveusement, elle s'enquit :

— Et Frank Nicholson ?

— Votre grand-père est toujours en vie. Il ne tient qu'à lui d'y rester.

— Je... Je ne sais pas si j'ai bien fait de vous supplier de l'épargner. Bryan m'a dit qu'il était aussi responsable de la mort de mes parents.

— C'est exact.

— Il vous l'a avoué ?

— J'ai même eu droit au bon regard larmoyant.

Sortant les quatre feuillets qu'il avait exigés de Frank Nicholson, il les posa sur la table.

— Qu'est-ce que c'est? demanda la jeune femme en fronçant les sourcils.

— Son testament. A présent, vous avez cent pour cent du gros pécule. Faites-le enregistrer le plus rapidement possible, il est légalement valable.

— Mais... c'est de l'argent corrompu. Je ne veux pas toucher à ça.

— Quand vous en serez bénéficiaire, faites-en bon usage, ainsi il sera lavé... Où sont nos petits passagers du DC-3?

— Dans une mission de La Puente, répondit Jane Kimball. En instance d'être dirigés vers une association humanitaire. Peut-être sera-t-il possible de les garder en Californie, si personne ne les réclame. Nous en avons discuté avec Diana, c'est de son ressort.

Bolan lui sourit.

— Comment va votre bras?

— Votre pansement a fait merveille. Pourquoi ne vous recyclez-vous pas comme médecin? plaisanta-t-elle.

— J'y songerai, renvoya-t-il sur le même ton.

Il posa également sur la table une grosse liasse de billets attachés par un élastique.

— Il y a cinquante mille dollars, dit-il. Ce n'est pas énorme, mais ça devrait suffire pour parer au plus pressé.

— Que voulez-vous dire? questionna Diana.

— Employez ça pour vous occuper de ces gosses, ils en auront besoin.

— Nous ne pouvons pas accepter, Mack ! Vous aurez sûrement besoin de cet argent.

— Ne vous inquiétez pas, quand j'en ai besoin, je secoue le cocotier de la mafia. C'est aussi simple que ça.

— Simple, dites-vous !

— Je pense qu'il a raison, dit Bryan Shepard.

— Eh bien, soit. Mais je ne toucherai pas à l'héritage de mon grand-père. S'il y a quelque chose à récupérer de ce côté, je l'investirai au profit de tous ces gosses qu'on va sans doute retrouver un peu partout dans la nature.

— N'anticipez pas, fit Shepard. Frank Nicholson est encore vivant.

Bolan faillit répliquer quelque chose au sujet du vieux cannibale mais se retint.

Diana soupira :

— J'espère qu'à présent nous aurons les coudées franches pour faire tomber des têtes. Je pense à ceux qui ont profité de ce trafic ignoble sans y participer directement.

— C'est à vous de jouer, laissa doucement tomber Bolan.

Ils échangèrent encore quelques mots qui auraient pu passer pour des banalités mais qui étaient empreints d'émotion et de chaleur. Puis il leur adressa un signe amical et quitta le living. Diana Nicholson le rattrapa près de la sortie.

— Qu'allez-vous faire, maintenant ?

— Je vais sans doute quitter l'Etat de Californie sur la pointe des pieds.

— Est-ce vraiment cela ?
— Peut-être. Ça dépendra.
— De quoi ?
— De la vie. De l'usage qu'en font certains.
Il vit soudain des larmes dans ses yeux.
— Fais attention à toi, Mack Bolan. Je ne veux pas que tu te fasses tuer.
— J'essaierai. Suis ton chemin comme tu l'as toujours fait, Diana. Ne t'en écarte pas.
Elle soutint son regard malgré son trouble.
— Même si je m'y prends parfois comme une écervelée ?
— Tu n'as rien d'une écervelée. Fais simplement attention aux prédateurs auxquels tu t'attaques.
Le prenant par les revers de son manteau, elle l'embrassa sur les lèvres. Un baiser qu'il ressentit comme une immense tendresse. Elle le fixa ensuite un long moment, puis se détacha de lui et s'éloigna sans se retourner.

Un Cessna quadriplace se tenait en attente près d'un hangar, moteur tournant. Son pilote penchait la tête pour observer les trois hommes qui venaient rapidement à pied dans sa direction, sur le petit aéroport privé.
Buck Falconetti, « la bête de Hyde Park », marchait en tête, portant deux petites valises, suivi de Ronald Lipsky et de Frank Nicholson.
— Tu es sûr de ton contact à Mexico ? s'enquit Lipsky.

— Je lui ai rendu trop de services pour qu'il me refuse quoi que ce soit, répondit Nicholson d'une voix tendue.

Sa respiration était courte et sifflante. Vu son âge avancé, il était étonnant qu'il puisse encore marcher aussi vite.

— Mais on ne pourra rester que deux ou trois jours là-bas.

— Ça ne me plaît pas beaucoup d'aller m'enterrer en Colombie.

— Tu préfères peut-être te faire coincer ici? ricana le vieil avocat dévoyé. Ils ont tout ce qu'il faut comme charges pour que tu passes le reste de ta vie en taule. Moi, j'ai encore quelques années à vivre et je tiens à les passer tranquillement.

Ils atteignirent l'avion. Le tueur de la mafia commençait à placer les valises dans l'appareil quand une chose étonnante se produisit en quelques fractions de seconde. Devant les yeux horrifiés de Lipsky, la vilaine tête bestiale de Falconetti venait de se désintégrer. L'emplacement de sa bouche n'était plus qu'un infect magma rougeâtre et il le vit partir à la renverse, son sang éclaboussant les vitres du Cessna.

Lipsky ouvrit la bouche pour hurler un avertissement mais aucun son ne sortit de sa gorge, à part un bizarre gargouillis tandis que le haut de sa poitrine paraissait exploser dans un jeyser pourpre. Ce fut alors qu'une déflagration arriva jusque-là comme un coup de tonnerre, suivie aussitôt par un deuxième coup de feu qui roula lugubrement.

Les yeux fous, Frank Nicholson était paralysé par l'ahurissement et la peur, se sentait incapable de la moindre réaction ni même de réfléchir. Tout son être immonde n'était plus qu'effroi et terreur. Et le troisième projectile monstrueux le surprit dans cette position statufiée, transformant son masque de respectabilité en une hideuse blessure d'où gicla sa cervelle de damné.

L'écho de la fusillade se répercuta pendant plusieurs secondes sur le petit terrain d'aviation, ricochant sur les hangars et se diluant enfin dans les lointains.

A six cents mètres de là, l'Exécuteur releva le canon de l'imposante carabine de chasse surmontée d'une lunette à fort grossissement. Il expulsa l'air trop longtemps contenu dans ses poumons et émit une sorte de grognement.

— Terminé, dit-il ensuite sans aucune joie.

A côté de lui, Jack Grimaldi eut un sourire un peu coincé.

— Dire que j'ai failli le perdre pendant qu'il traversait Riverside. J'étais à cent lieues d'imaginer qu'il allait retrouver Lipsky et le gros buteur.

L'Exécuteur rangea la carabine dans un étui en toile et se dirigea vers le Bronco laissé en attente dans l'allée bordant l'aéroport. Ils y prirent place et s'éloignèrent sans précipitation à travers une zone peu fréquentée, pointant le capot du tout-terrain vers l'est.

L'air se réchauffait. Le légendaire et éternel

printemps californien donnait l'impression de revenir. En tout cas, il était annoncé par la météo.

Tout était dit sur la scène de Los Angeles. Bolan estimait avoir terminé le travail qu'il était venu y faire. C'était maintenant aux magistrats et aux policiers honnêtes de continuer l'épuration.

Le cœur serré en songeant à tous ces gosses qu'il avait réussi à tirer d'un sort monstrueux, il envisageait de quitter l'Etat par la route de San Bernardino et se rendre en Arizona pour quelques jours. Jack Grimaldi se chargerait de récupérer son char de guerre et de le transporter à bord du C-135 jusqu'à Phoenix.

Le vieux pourri aux cheveux blancs ne s'était pas trompé en prétendant qu'il avait éprouvé un pincement pour Diana. Le juge en jupons était une fille qu'on n'oublie pas de sitôt. Oui, son image resterait longtemps dans l'esprit et dans le cœur de Mack Bolan. Mais celui-ci savait trop bien ce qui arrivait aux êtres qu'il aimait et qu'il gardait trop longtemps près de lui. La mort les rattrapait, une mort violente. Il laisserait donc s'éloigner Diana, retrouvant la solitude qui était son lot, sur le chemin difficile qu'il avait choisi et qui finirait, il ne le savait que trop bien, sur la trajectoire d'une balle perdue...

Mais le combat de Mack Bolan continue...

Fine et serrée, la pluie n'arrêtait pas de tomber, et, à travers les fenêtres, les arbres du parc s'estompaient peu à peu dans le crépuscule. C'était sinistre, et Martin Kleb sentait ses nerfs près de craquer. Deux semaines déjà qu'il était prisonnier ici et, malgré le confort de cette villa où on l'avait assigné à résidence en attendant le procès de Paul Debreux, il n'en pouvait plus. Les flics étaient censés le protéger, mais ils passaient leur temps à l'épier, et traînaient partout, y compris dans le living lorsqu'il regardait la télé. Logique. Pour la Belgique traumatisée, le procès de Debreux serait une sorte de thérapie. Un pansement sur les consciences. A condition de tout savoir, de percer ce gros abcès puant. Et, pour ce faire, la justice comptait sur Kleb. Kleb, en bon mac qu'il était, en savait long sur les réseaux pédophiles à travers l'Europe et, depuis des années, il jouait les indics pour la police bruxelloise. Un informateur précieux, mais que, compte tenu des circonstances et de l'importance du scandale, les autorités avaient décidé de griller. C'était un fait rarissime dans la longue saga flics-indics, mais l'affaire venant après d'autres du même genre qui avaient failli faire exploser la Belgique, il fallait frapper vite et fort. Plus question, comme dans le bon vieux temps, d'étouffer benoîtement, ni de se contenter d'un lampiste. En apprenant ça, Martin Kleb avait cru devenir fou. Témoigner, c'était se condamner à mort. Mais il n'avait pas eu le choix. S'il refusait, les flics diraient quand même qu'il avait parlé ; s'il acceptait, il avait une petite chance de s'en tirer grâce au deal qu'on lui avait proposé.

Chaque fois qu'il songeait à tout ça, Martin Kleb étouffait d'angoisse.

Dans une semaine, il basculerait de l'autre côté de la balustrade. Dans une semaine, en échange de son impunité, d'un gentil paquet de pognon, et d'un passeport de complaisance, il trahirait ses ex-employeurs. Un deal qui, malgré les belles paroles des flics, comportait évidemment d'énormes risques. Martin Kleb connaissait la puissance de la mafia, et la force de sa rancune. Mais à dix mille bornes d'ici, avec une nouvelle identité, un portrait refait à neuf et suffisamment de fric, il s'en sortirait peut-être. De toute façon, il n'avait plus le choix. A cinquante balais, mieux valait tenter sa chance, libre et friqué en Amérique du Sud, que fauché en Belgique, et condamné pour viols et trafic d'enfants, chefs d'accusation dont on l'avait menacé. Dégueulasse. Les seules preuves que la police avait portaient sur proxénétisme et trafic de vidéo pédophiles. Dur à encaisser. D'autant qu'après le séisme des dernières affaires, la justice frapperait très fort. Mais comme de l'autre côté la mafia ne pardonnait jamais...

Selon les critères de la société, et ceux de la morale la plus élémentaire, Martin Kleb était une ordure, il le savait, mais il y avait bien longtemps que cela n'avait plus de sens pour lui, et il s'en foutait comme de sa première affaire de traite des Blanches, son premier « test grandeur nature », vingt-cinq ans plus tôt.

La seule chose qu'il craignait, c'était de crever. Et, coincé entre les flics et ses amis, il se demandait qui aurait sa peau en premier. S'il allait en taule, la mafia n'aurait aucun mal à le faire descendre pour éviter qu'il parle. S'il parlait, la mafia le chercherait jusqu'au bout du monde pour la grande punition. En Amérique du Sud, la pieuvre était partout et Kleb le savait. Pourtant, en petit animal primitif qu'il était, Martin Kleb n'avait qu'une certitude : il était vivant et ferait tout pour le rester...

DÉJÀ PARUS

N° 1 : *Guerre à la Mafia*
N° 2 : *Massacre à Beverly Hills*
N° 3 : *Le masque de combat*
N° 4 : *Typhon sur Miami*
N° 5 : *Opération Riviera*
N° 6 : *Assaut sur Soho*
N° 7 : *Cauchemar à New York*
N° 8 : *Carnage à Chicago*
N° 9 : *Violence à Vegas*
N° 10 : *Châtiment aux Caraïbes*
N° 11 : *Fusillade à San Francisco*
N° 12 : *Le blitz de Boston*
N° 13 : *La prise de Washington*
N° 14 : *Le siège de San Diego*
N° 15 : *Panique à Philadelphie*
N° 16 : *Le tocsin sicilien*
N° 17 : *Le sang appelle le sang*
N° 18 : *Tempête au Texas*
N° 19 : *Débâcle à Détroit*
N° 20 : *Le nivellement de New Orleans*
N° 21 : *Survie à Seattle*
N° 22 : *L'enfer hawaiien*
N° 23 : *Le sac de Saint Louis*
N° 24 : *Le complot canadien*
N° 25 : *Le commando du Colorado*
N° 26 : *Le capo d'Acapulco*
N° 27 : *L'attaque d'Atlanta*
N° 28 : *Le retour aux sources*
N° 29 : *Méprise à Manhattan*
N° 30 : *Contact à Cleveland*
N° 31 : *Embuscade en Arizona*
N° 32 : *Hit-parade à Nashville*
N° 33 : *Lundi linceuls*
N° 34 : *Mardi massacre*
N° 35 : *Mercredi des Cendres*
N° 36 : *Jeudi justice*
N° 37 : *Vendredi vengeance*
N° 38 : *Samedi minuit*
N° 39 : *Traquenard en Turquie*
N° 40 : *Terreur sous les Tropiques*
N° 41 : *Le maniaque du Minnesota*
N° 42 : *Maldonne à Washington*
N° 43 : *Virée au Viêt-nam*
N° 44 : *Panique à Atlantic City*
N° 45 : *L'holocauste californien*

N° 46 : *Péril en Floride*
N° 47 : *Épouvante à Washington*
N° 48 : *Fureur à Miami*
N° 49 : *Échec à la Mafia*
N° 50 : *Embuscade à Pittsburgh*
N° 51 : *Terreur à Los Angeles*
N° 52 : *Hécatombe à Portland*
N° 53 : *L'as noir de San Francisco*
N° 54 : *Tornade sur la Mafia*
N° 55 : *Furie à Phoenix*
N° 56 : *L'opération texane*
N° 57 : *Ouragan sur le lac Michigan*
N° 58 : *Bain de sang pour la Mafia*
N° 59 : *Piège au Nouveau-Mexique*
N° 60 : *Pleins feux sur la Mafia*
N° 61 : *La filière new-yorkaise*
N° 62 : *Vengeance à Hong-Kong*
N° 63 : *Chaos à Caracas*
N° 64 : *Le capo de Palerme*
N° 65 : *Nuit de feu sur Miami*
N° 66 : *Trahison à Philadelphie*
N° 67 : *Banco à Denver*
N° 68 : *La guerre de Sicile*
N° 69 : *Pluie de sang sur Hollywood*
N° 70 : *Complot à Columbia*
N° 71 : *Débâcle à Rio*
N° 72 : *Les sources de sang*
N° 73 : *Mort en Malaisie*
N° 74 : *Fleuve de sang en Amazonie*
N° 75 : *Tueries en Arizona*
N° 76 : *Arnaque à Las Vegas*
N° 77 : *La bataille du New Jersey*
N° 78 : *Flots de sang pour une vengeance*
N° 79 : *Raid sur Newark*
N° 80 : *Tempête de mort sur Istanbul*
N° 81 : *Alerte à Phoenix*
N° 82 : *Exécutions maltaises*
N° 83 : *Le Parrain de Nettuno*
N° 84 : *Sédition à El Paso*
N° 85 : *Ligne de feu sur Nicosie*
N° 86 : *Capo di Roma*
N° 87 : *Massacre à Dallas*
N° 88 : *Les tueurs du Plan Fire*
N° 89 : *Les charniers d'Abidjan*
N° 90 : *Course de mort à Maja Blanca*
N° 91 : *Traquenard en Louisiane*
N° 92 : *Le boss de Zurich*

N° 93 : *Hécatombe à Hollywood*
N° 94 : *Piège à Chinatown*
N° 95 : *Apocalypse à Houston*
N° 96 : *Sabordage à Bombay*
N° 97 : *Le crash de San Diego*
N° 98 : *Enfer à Tingo Maria*
N° 99 : *Les masques du pouvoir*
N° 100 : *Les noces noires de Palerme*
N° 101 : *Agonie en Pennsylvanie*
N° 102 : *Opération Caraïbes*
N° 103 : *Fiasco pour la Mafia*
N° 104 : *Requiem pour les Amici*
N° 105 : *L'enjeu canadien*
N° 106 : *Exécutions roumaines*
N° 107 : *Le carrousel australien*
N° 108 : *Les contrats siciliens*
N° 109 : *Justice à Portland*
N° 110 : *Cosa Nostra Colombiana*
N° 111 : *Alerte à Seattle*
N° 112 : *Connexions sanglantes*
N° 113 : *Ravages en Alabama*
N° 114 : *La dernière vendetta*
N° 115 : *Revanche à San Francisco*
N° 116 : *Feux sur Chiang Mai*
N° 117 : *Représailles à Manhattan*
N° 118 : *Enfer sur la Moskova*
N° 119 : *Dallas Connection*
N° 120 : *Dévastations mafieuses*
N° 121 : *La filière rouge*
N° 122 : *Guet-apens à Hong-Kong*
N° 123 : *Délivrance à Washington*
N° 124 : *Tonnerre sur Chicago*
N° 125 : *Les bouchers de Bratislava*
N° 126 : *Les sacrifiés de Rome*
N° 127 : *Le pacte du New Jersey*
N° 128 : *Les chacals d'Hollywood*
N° 129 : *Hallali à Boston*
N° 130 : *Marée sanglante à Carthagène*
N° 131 : *Crash au Colorado*
N° 132 : *La bataille d'Anzio*
N° 133 : *Justice au Montana*
N° 134 : *Estocade à la Mafia*
N° 135 : *Intox à New York*
N° 136 : *Feu d'enfer sur Aruba*
N° 137 : *Passing shot pour la mafia*
N° 138 : *Requiem napolitain*
N° 139 : *Jackpot au Rwanda*

Composé par EURONUMÉRIQUE 92120 Montrouge
et achevé d'imprimer en février 1997
sur les presses de la Société Nouvelle Firmin-Didot
à Mesnil-sur-l'Estrée (Eure)

- N° d'imprimeur : 37403 -
- N° d'éditeur : Ex. 140 -
Dépôt légal : mars 1997

Imprimé en France